写真撮影
タカノリュウダイ（カバー）
伊東和則（本文）
ブックデザイン
ヒネのデザイン事務所＋森成燕三

目次

四月になれば彼女は

APRIL COME SHE WILL

登場人物

のぞみ　（スポーツ新聞記者）
あきら　（のぞみの妹・大学一年）
耕平　（結子の弟子・美容師）
麻子　（のぞみの母・メイクアップアーティスト）
結子　（麻子の姉・美容室経営）
堀口　（社会人ラグビーの監督）
健太郎　（堀口の息子・小学五年）
カンナ　（堀口の前妻・女優）
上田部長　（のぞみの上司・運動部部長）
馬場　（のぞみの同僚・カメラマン）
西条　（社会人ラグビーの選手）

1

三月三十一日朝。成田空港。
のぞみ・あきら・耕平・結子・堀口・健太郎・上田部長・馬場が立っている。

結子　行っちゃったわね。
あきら　またすぐに会えるよ。会いたくなったら、自分から行けばいいんだし。
結子　そうよね。
健太郎　(あきらに) ねえねえ、さっき、おばさんのこと、お母さんって呼んでなかった?
あきら　え? 呼んでないよ。
健太郎　かわいくないなあ。素直に認めろよ、あきら。
堀口　健太郎、おまえ、また大人を呼び捨てにしたな?
健太郎　あきらはいいんだよ。呼び捨てにしていいって、あきらが言ったんだから。(あきらに)
そうだよね?
あきら　え? 言ってないよ。
健太郎　あきらさん。

上田部長　皆さん、記念に写真でも撮りませんか？
耕平　いいですね。よし、みんな、並んで。
上田部長　あれ？　馬場、カメラは？
馬場　すいません。今日は持ってきませんでした。
上田部長　おまえというヤツは最後まで。
結子　（前方を指差して）あ、飛行機が動き出した。
健太郎　父さん。ロサンジェルスまで、何時間かかるの？
堀口　そうだな。十時間ぐらいじゃないか。
あきら　そんなにかかるの？　仕方ない。私が行く時は、耕平も連れていこう。
耕平　え？　僕も一緒に行っていいの？
あきら　そのかわり、ずっとしゃべってて。私が退屈しないように。
結子　あっという間だったわね、この一週間。
耕平　本当に。じゃ、そろそろ帰りましょうか。

七人が歩き出す。が、のぞみは動かない。

あきら　お姉ちゃん、行こう。
のぞみ　忘れてた。
あきら　え？

のぞみ　一番言いたかったこと。あの人に。
あきら　何？
のぞみ　（何か言いかける）

飛行機が離陸する音。その音で、のぞみの声は聞こえない。八人が去る。
三月二十五日夜。ロサンジェルスにある、麻子のアパートメント。
麻子がやってくる。手紙を開き、読む。

麻子　「お久しぶりです。のぞみです。こうして手紙を書くのは、十五年ぶりですね。本当は二度と書かないつもりでした。でも、今回だけは特別です。どうしても、あなたに言いたいことがあったから。伯父さんの具合が悪いことは、もう知ってますよね？　先月、二度目の手術をしてからは、ほとんど眠ったまま。昨夜、伯母さんを問い詰めたら、やっと本当のことを話してくれました。もっても、あと一カ月だそうです。単刀直入に書きます。帰ってきてください。今までのことはもういいから。怒ってないと言えば嘘になるけど、帰ってきてくれたら、それですべて忘れます。お願いします。私たちをここまで育ててくれた伯父さんに、直接、ありがとうと言ってください。待っています。二月二十三日、桐島麻子様。桐島のぞみ」

麻子が去る。

2

三月二十五日夜。四谷にある、堀口のマンション。
ラグビーボールが転がってくる。後を追って、健太郎が飛び出す。

健太郎　父さん、強すぎるよ。
後を追って、堀口がやってくる。

堀口　男ならそれぐらい取れ。
健太郎　そうやって、すぐにムキになるんだもんなあ。
堀口　ブツブツ言ってないで、すぐにパス。
健太郎　はいはい。（とボールをパス）
堀口　今日の朝飯、また目玉焼きだったな。朝飯の係は誰だっけ？（とパス）
健太郎　今日の夕飯、またカレーだったね。たまには違うものが食べたいなあ。（とパス）
堀口　俺は朝飯の話をしてるんだ。（とパス）

健太郎　俺は夕飯にも問題があるって言ってるの。（とパス）
堀口　文句があるなら、おまえが作れ。
健太郎　いいの？　夕飯も目玉焼きにしちゃうよ。
堀口　わかった。お互いに意地を張らないで、新しいメニューに挑戦しよう。（とパス）
健太郎　俺、うまくなった？（とパス）
堀口　ああ。（とパス）
健太郎　父さんのチームに入れると思う？（とパス）
堀口　体重が問題だな。あと十キロは増やさないと。（とパス）
健太郎　よし。明日から、朝飯は牛丼にしよう。（とパス）
堀口　脂肪を増やしてどうするんだ。俺は筋肉を増やせって言ってるんだ。（とパス）
健太郎　筋肉を十キロも？　そんなこと、できるわけないよ。
堀口　バカ。アンディ・フグは小学生の時から腹筋が割れてたんだぞ。
健太郎　本当？
堀口　ラグビーは紳士のスポーツだ。紳士は絶対に嘘をつかない。
健太郎　でも、フグはラグビーの選手じゃないよね？
堀口　（時計を見て）あれ、もうこんな時間か。
健太郎　いいよいいよ。もうちょっとやろう。
堀口　ダメだ。ほら、ボールをよこせ。
健太郎　ロスタイムが残ってるよ。アンディ・フグの話をした分。

堀口　二人で決めたルールは?
健太郎　小学生は九時に寝ること。でも、ちょっとぐらいなら——
堀口　ルールにちょっとぐらいはない。ちょっとぐらいいいかって許してたら、ゲームがメチャクチャになる。

そこへ、カンナがやってくる。

カンナ　今晩は。
健太郎　母さん！　どうしたの、こんな時間に。
カンナ　あなたにプレゼントを持ってきたのよ。はい、進級おめでとう。(と袋を差し出す)
健太郎　(ボールをソファに置き、袋を受け取って)何?
カンナ　MDウォークマン。前からほしいって言ってたでしょう?
健太郎　やったあ！　母さんなら、きっとわかってくれると思ってたんだ。父さんは今年もラグビーボールだった。これで六個目だよ。
堀口　健太郎、ルール。
健太郎　あ。(カンナに)どうもありがとう。
カンナ　何よ、他人行儀ね。
堀口　他人だからな。
健太郎　母さん、コーヒー、飲む?

堀口　おまえはもう寝ろ。
健太郎　コーヒーをいれたら寝るよ。
堀口　ルールは？
健太郎　おやすみなさい。母さん、またね。
カンナ　おやすみ。

健太郎が去る。

カンナ　ルールっていくつあるの？
堀口　七つだ。
カンナ　破ったらどうなるの？　ペナルティは何？
堀口　決めてない。
カンナ　どうして？
堀口　必要ないからだ。あいつは絶対に破らないって約束した。
カンナ　相変わらず、厳しいのね。でも、あの子はまだ小学生なのよ。
堀口　おまえに口出しされる覚えはない。この家から出ていった人間に。
カンナ　あら、私は追い出されたんだと思ってた。
堀口　そんなことを言うために、わざわざ来たのか？
カンナ　まさか。とっくに済んだ話じゃない。

堀口　じゃ、何の用なんだ。
カンナ　怒らないで聞いてくれる？　ううん、怒ってもいいから聞いて。
堀口　……。
カンナ　健太郎と暮らしたいの。
堀口　その話も済んでるだろう。
カンナ　一カ月でいいの。私が健太郎とやっていけるかどうか、試させてほしいの。
堀口　仕事はどうするんだ。
カンナ　何とかする。
堀口　そんなことがおまえにできるわけないだろう。おまえは健太郎より、女優の仕事を選んだんじゃなかったのか？
カンナ　どっちか一つにしろって言ったのはあなたじゃない。
堀口　おまえには、二つのことがいっぺんにできないからだ。
カンナ　それは認める。一年前の私は、どっちも中途半端だった。あなたが怒ったのも無理ないし、やっぱり出ていくしかなかったんだと思う。でも、一年経って、私も変わったのよ。
堀口　俺にはそうは見えないな。
カンナ　少なくとも、健太郎のことはちゃんと考えられるようになった。
堀口　だから、いきなりよこせって言うのか？　健太郎は物じゃないんだぞ。
カンナ　だから、とりあえず一カ月。
堀口　健太郎の気持ちを考えろ。あいつはおまえに捨てられたんだぞ。

カンナ　私がいつ捨てたのよ。
堀口　それに、あいつにはあいつの生活がある。
カンナ　生活？
堀口　この一年間、あいつは俺と二人で暮らしてきた。男二人の生活に、やっと慣れてきたところなんだ。それをまたぶち壊しにするつもりか？
カンナ　子供には母親が必要なのよ。
堀口　健太郎には、おまえはもう必要ないんだよ。
カンナ　今の生活が、あの子にとって本当に幸せだと思う？　あなたは練習で帰りが遅いし、遠征で何日も帰らないこともある。その間、健太郎は一人ぼっちじゃない。
堀口　おまえが引き取っても、話は同じだろう。
カンナ　私はあの子を一人にしない。
堀口　まさか、仕事を辞めるつもりか？
カンナ　辞めなくても、今の私なら何とかなる。とにかく、私は健太郎のためを思って言ってるのよ。
堀口　何が「健太郎のため」だ。おまえは健太郎がほしい。ただそれだけだろう。
カンナ　そうよ。私はあの子と暮らしたいの。それがどうしていけないのよ。
堀口　これ以上話しても無駄だな。
カンナ　あなたが認めてくれないなら、私は裁判所に行く。それでもいいの？
堀口　勝手にしろ。

カンナ　裁判になったら、あなたに勝ち目はないのよ。
堀口　なぜだ。
カンナ　ごめんなさい。今日は帰るわ。
堀口　待てよ。なぜ俺には勝ち目がないんだ。
カンナ　その話はまた今度にしましょう。今度来る時は、電話するから。

カンナが去る。後を追って、堀口が去る。そこへ、健太郎が戻ってくる。ボールを取って、去る。

3

三月二十六日朝。自由が丘にある、結子の家。
結子がやってくる。

結子　耕平君！　耕平君！

反対側から、エプロンをつけた耕平がやってくる。

耕平　先生、声が大きいですよ。あきら君が起きちゃうじゃないですか。
結子　いいのよいいのよ。今すぐ起こしてきて。
耕平　今日は学校、お昼からなんですよ。こんな時間に起こしたら、何をされるか。
結子　いいから、早く。
耕平　この前なんか、いきなり目覚まし時計を投げつけられたんですよ。
結子　帰ってくるのよ、麻子が。
耕平　麻子？　ああ！

結子　たった今、ロサンジェルスから電話があったの。これから空港に行くって。
耕平　それじゃ、今夜、今夜？
結子　そう、今夜。帰ってくるのよ、十五年ぶりに。
耕平　起こしてきましょう、今すぐに。

そこへ、のぞみがやってくる。

のぞみ　耕平君、ごめん。今日は朝ごはんいらない。
結子　何よ、もう出かけちゃうの？
のぞみ　朝イチで取材。初芝府中の新しい監督が決まったんだ。
結子　初芝府中って？
耕平　（のぞみに）ラグビーで有名な会社ですよね？
のぞみ　そう、この前の日本選手権で優勝したチーム。それじゃ、行ってきます。
耕平　のぞみちゃん、ちょっと待って！
のぞみ　何？
耕平　あの、その、先生からどうぞ。
結子　私が話すの？
耕平　当たり前じゃないですか。こういう大事な話は、一家の主がするべきです。
結子　そうか、そうよね。のぞみちゃん、よく聞いて。実はね——

19　四月になれば彼女は

耕平　いけない、あきら君にも一緒に聞いてもらわないと。（奥に向かって）あきら君！　あきら君！

そこへ、あきらがやってくる。

あきら　うるさいなあ、朝っぱらから。
耕平　よかった。目覚まし時計は持ってない。
あきら　何よ、目覚まし時計って。
耕平　あの、その、先生からどうぞ。
あきら　またごまかして。（と耕平の腕をつかんで）え？（と腕を放す）
耕平　何？
あきら　嘘。
耕平　嘘って、何が？
のぞみ　それじゃ、私、行くからね。
結子　のぞみちゃん、行かないで！　お願いだから、私の話を聞いてちょうだい。
耕平　（のぞみに）僕からもお願いします。
のぞみ　だったら、さっさと話せばいいじゃない。
耕平　そんなに簡単な話じゃないんですよ。とりあえず、一度、座りましょう。
あきら　私、眠いんだけど。

結子　あきら君、こういうことわざを知らないの？　「果報は寝て待て」。
耕平　先生、用法が違います。
あきら　私、寝る。
のぞみ　待ちなよ、あきら。伯母さん、悪いけど、時間がないんだ。一分で済ませてくれる？
結子　一分もあれば十分よ。実は……、イヤだ。何だか緊張してきちゃった。
耕平　先生、頑張って。
あきら　帰ってくるんでしょう？
結子　え？
あきら　帰ってくるんでしょう、今夜。
のぞみ　誰が。
結子　すごい、あきら君。どうしてわかったの？
耕平　親子だもの、わかるんですよ。
結子　そうよね、親子だもんね。
のぞみ　ちょっと待ってよ。誰が帰ってくるって？
結子　だから、麻子よ。
のぞみ　なんで。
耕平　それはその、先生の旦那様が亡くなったからですよ。ねえ、先生？
のぞみ　一カ月も経って？
結子　ずっと撮影だったのよ。でも、昨日やっと終わったんですって。

のぞみ　嘘だよ。帰ってくるわけないよ。
結子　のぞみちゃん。
のぞみ　だってさ、よく考えてみてよ。今まで何回、同じことがあった？　今度ののぞみの誕生日には帰りますとか、あきらの入学式には帰りますとか。言うだけ言っておいて、一度も帰ってこなかったじゃない。
耕平　それは、映画のお仕事が忙しかったから。
のぞみ　十五年だよ、十五年。ずっと騙され続けてさ、なんでまた信じるわけ？
結子　でも、今度は本当に本当なのよ。
のぞみ　私は信じない。おばさんには悪いけど、絶対に信じない。
あきら　お姉ちゃん、今度は間違いないみたいだよ。
耕平　そうですよ。何しろ今度は――
あきら　ついさっき電話があったんだって。これから空港に行くって。そうだよね、耕平？
耕平　ええ、その通りです。あきら君、なんで知ってるの？
あきら　聞こえたのよ、大声で話してたから。まあ、私にはどうでもいいことだけど。
耕平　どうでもいい？
あきら　誰が何をしようと、関係ないってこと。私には私の生活があるんだから。
耕平　何よ、あきら君まで。
結子　（のぞみとあきらに）あなたたち、うれしくないの？　あなたたちの本当のお母さんが帰ってくるのよ。

のぞみ　それじゃ、私、仕事に行ってくる。
耕平　ちょっと、のぞみちゃん！

電話のベルの音。

耕平　あ、ちょっと待って！　電話ですよ、電話。（と受話器を取る）
のぞみ　どうせ私じゃないよ。
耕平　え？　桐島のぞみですか？　いることはいますけど、僕は替わらない方がいいと思うなあ。
のぞみ　だって、すごく機嫌が悪いんだもん。
結子　（受話器を奪い取って）はい、桐島です。あ、部長、おはようございます。
耕平　どうして二人ともそうなの？　私はこんなにうれしいのに。
結子　僕もうれしいですよ。
耕平　あなただけよ、私の気持ちをわかってくれるのは。
のぞみ　僕だけわかってても仕方ないのに。
結子　（受話器を置いて）伯母さん、私、今夜は帰らない。
のぞみ　え？　どうして？
結子　今夜だけじゃない。明日も明後日も帰らないと思う。
耕平　また、何か、大事件ですか？
のぞみ　そういうこと。それじゃ、皆さん、行ってきます。

のぞみが去る。

結子　のぞみちゃん！
あきら　伯母さん、もうお店に行く時間じゃないの？
結子　（時計を見て）あら、大変。耕平君、ごはんの支度はできてる？

結子が去る。

耕平　できてますけど、あきら君は？
あきら　寝る。
耕平　せっかく起きたんだから、一緒に食べれば？
あきら　そうだな。おなかも空いてるし、食べてから寝るか。
耕平　「寝る子は育つ」っていうけどさ、体重だけ育っても知らないよ。
あきら　うるさいなあ、いちいち。（と耕平の腕をつかんで）え！（と腕を放す）
耕平　何？
あきら　僕も一緒に寝たいなあ？
耕平　え？　僕は別にそんなこと……。
あきら　いやらしい男。

あきらが去る。

耕平 ちょっと、あきら君！　一緒に寝たいなんて、僕がいつ言った？　そりゃ、心の中ではそう思ったかもしれないけど。あきら君！

耕平が去る。

4

三月二十六日朝。大手町にある、サンキュースポーツ新聞社。
上田部長がやってくる。携帯電話を持っている。

上田部長　あ、武田か？　俺だよ、上田だよ。昨夜はどうも。で、あれからどうなった。え？　一週間、会社に泊まりっぱなし？　家に電話したら、娘に「おじさん、誰？」って言われた？　それぐらいのことで落ち込むなよ。新聞記者にはよくある話じゃないか。で、島崎の件は。そうか。やっぱり、何も言わないのか。わかったわかった。娘の話は今度たっぷり聞いてやるから。じゃあな。

上田部長が電話を切る。そこへ、馬場がやってくる。カメラバッグと三脚を持っている。

馬場　おはようございます、部長。いきなり電話をもらって、ビックリしましたよ。一面間違いなしの大事件て、一体何ですか？

上田部長　馬場、悪いけど、お茶をいれてきてくれないか。

馬場　その前に教えてくださいよ、事件の中身を。
上田部長　イヤなの？　お茶をいれるの。
馬場　そうじゃなくて、俺は焦らされるのがイヤなんです。
上田部長　俺はおまえと二人だけで打合せをするのがイヤなんだよ。
馬場　部長は俺が嫌いなんですか？
上田部長　答えたくない。おまえを傷つけることになるから。

そこへ、のぞみが走ってくる。

のぞみ　おはようございます。あれ？　私、今日は馬場さんと組むんですか？
馬場　おまえも俺が嫌いなのか？
のぞみ　いいえ、別にそういう意味で言ったんじゃなくて。
馬場　じゃ、好きか？
のぞみ　部長、それで、事件っていうのは？　馬場さんを呼んだってことは、やっぱりラグビーですか？
上田部長　まあ、待て。ラグビーはラグビーだが、ちょっと特殊な事件なんだ。俺の同期に、社会部のヤツがいてな。そいつが今、山名って代議士の収賄事件を追いかけてるんだ。山名が一週間前に入院したのは知ってるか？
のぞみ　ニュースで見ました。国会に召喚された途端に、不整脈で倒れたんですよね。本当かどうかは怪しいけど。

上田部長　その通り。で、俺の同期は山名の入院先に張りついている。

馬場　わかった。不整脈っていうのは真っ赤な嘘で、本当はラグビーボールが頭に当たったんだ。確かに特殊な事件ですね。

上田部長　馬場、よく考えろ。なぜ永田町にラグビーボールが飛んでくる。

のぞみ　ひょっとして、その病院にラグビー選手が来たとか？

上田部長　当たりだ、桐島。この情報は、まだ俺しかつかんでない。うまくいけば、独占スクープだ。

馬場　で、その選手って、誰なんですか？

上田部長　島崎だ。昨夜、顎の骨を折って、担ぎ込まれたそうだ。

のぞみ　島崎って、全日鉄の？

馬場　あそこの練習はハードだからなあ。

上田部長　最後まで聞け。島崎が担ぎ込まれたのは午前一時だ。そんな時間に練習するチームがあるか？

のぞみ　でも、顎の骨なんて、そう簡単に折れませんよね？

上田部長　変だろう？　しかも、付き添ってきた男が、名前も名乗らずに帰ったっていうんだ。ますます変だろう？

のぞみ　島崎さんはどうして怪我したのか、言ったんですか？

上田部長　それが言わなかったんだよ。ムチャクチャ変だろう？　ここからが俺たちの腕の見せ所だ。島崎はなぜ顎を折ったのか。考えられる理由は何だ。

馬場　何か固い物でも噛んだんですかね？

上田部長　そういう時は、顎は折れない。歯が折れるんだ。

馬場　午前一時ってことは、酒でも飲んで、酔っ払ってたんじゃないですか？

上田部長　うん、それで？

馬場　俺にも経験があるんですけど、酔っ払うとやたらと喉が乾くんですよね。それで、水道の蛇口にガブリと。

上田部長　あくまでも、固い物を噛んだってことにしたいのか。

のぞみ　顎の骨って、ボクシングの試合で折れることがありますよね？　もしかして、誰かに殴られたんじゃないですか？

上田部長　いいぞ、桐島。俺が言いたかったのはそれなんだ。島崎は誰かに殴られた。犯人はおそらく、島崎に付き添ってきた男だ。

のぞみ　つまり、私たちは島崎さんに会って、その男の名前を聞き出せばいいんですね？

上田部長　そうじゃない。おまえたちに取材してほしいのは、犯人の方だ。

馬場　でも、誰だかわからないんでしょう？

のぞみ　部長は目星をつけてるんですか？

上田部長　あくまでも勘だがな、堀口だ。

のぞみ　堀口さん？

馬場　（上田部長に）監督ですか？　でも、監督が自分の所の選手に怪我なんかさせますかね？

上田部長　馬場、全日鉄が準決勝で負けた原因は何だと思う。

馬場　島崎の不調でしょう。あそこは島崎以外に頼れる選手がいないからなあ。
上田部長　ところが、その島崎が堀口とうまくいってないって噂があるんだ。
馬場　本当ですか？
上田部長　島崎は調子が悪かったんじゃない。堀口の采配に不満があったから、わざと手抜きをしたんだ。
馬場　それが本当だったとしたら、島崎は八百長をしたってことになるじゃないですか。桐島、おまえは知ってたか？　二人の噂。
のぞみ　うまくいってないなんて話は一度も。ただ……。
上田部長　ただ、何だ。
のぞみ　他の選手がチラっと、島崎さんが海外のチームに行きたがってるって。
馬場　ちょっと待てよ。あいつ、全日鉄を見捨てるつもりか？
のぞみ　本当かどうかはわかりません。本人に確かめたわけじゃないし。
上田部長　しかし、その話を堀口が聞いたとしたらどうだ。
馬場　当然、怒るでしょうね。島崎が抜けたら、全日鉄はガタガタだ。
のぞみ　だから、殴ったっていうんですか？　他の人ならともかく、堀口さんがそんなことをするなんて。
上田部長　考えられないか？
のぞみ　部長だって、堀口さんがどんな人か、知ってるでしょう？
上田部長　ラガーマンを絵に描いたようなヤツだ。いわゆる、紳士ってヤツだな。あいつを知ってる人間なら、まず犯人だとは思わないだろう。だから、独占スクープになるんだよ。

馬場 単なる勘違いだったらどうするんですか？

上田部長 怖いこと言うなよ。理由は他にもあるんだ。島崎が担ぎ込まれたのは四谷の聖イグナチオ病院だ。島崎はどこに住んでる。

のぞみ 確か、横浜だったと思います。

上田部長 堀口は。

のぞみ 四谷です。でも、それだけで堀口さんを疑うなんて。

上田部長 俺は昨夜も今朝も、堀口の家に電話してみた。堀口はずっと留守だった。これでもダメか？

のぞみ 私には信じられません。堀口さんが暴力を振るうなんて。

上田部長 桐島、仕事に私情は挟むなよ。

馬場 そう言えば、部長は萩原カンナの大ファンでしたよね？

上田部長 何だよ、いきなり。

馬場 堀口と萩原が離婚した時、物凄い剣幕で怒ってたじゃないですか。「悪いのは堀口だ。俺のカンナじゃない」って。だから、今度も堀口を悪者にしたいのかなって。

上田部長 バカ野郎！　くだらない言いがかりをつけてる暇があったら、全日鉄に行ってこい。堀口に会って、事実を確かめるんだ。

のぞみ わかりました。（と走り出す）

馬場 桐島！　俺を置いていくなよ！

のぞみと馬場が走り去る。上田部長が携帯電話をかける。

上田部長 あ、上杉さんですか？　サンキュースポーツの上田です。この前はすっかりご馳走になっちゃって。実は、あなたにお聞きしたいことがありましてね。え？　K―1のチケットですか？　リングサイドを二枚も？　もちろん手に入りますよ。僕を誰だと思ってるんです。何なら、試合に出させてあげましょうか？　それはいい？　やっぱり。

上田部長が去る。

5

三月二十六日昼。川崎にある、全日本製鉄。
のぞみ・馬場・西条がやってくる。

西条　すいませんでした、お待たせしちゃって。
のぞみ　いいえ。こちらこそ、仕事中に押しかけちゃって。
馬場　ややあややあ、西条君、元気？
西条　元気ですよ。久しぶりですね、馬場さん。
馬場　準決勝以来だもんなあ。惜しかったよね、あの試合。
西条　確か、オタクの新聞でしたよね？　僕がタックルされた瞬間の、マヌケな顔をアップで載せたの。
馬場　いや、あれは桐島が選んだんだよ。（のぞみに）なあ？
のぞみ　馬場さんが「これしかない」って言ったんじゃないですか。
西条　で、今日は何の用ですか？
のぞみ　あなたに聞きたいことがあるんです。実は昨夜、島崎さんが――

馬場　待てよ、桐島。（小声で）その話を西条にする必要はないだろう。他の人間に話されでもしたら、独占スクープが台無しだ。
のぞみ　それはそうですけど、西条さんなら、何か聞いてるかもしれないし。
西条　あの、島崎さんがどうかしたんですか？
馬場　いや、俺たちは堀口さんに会いに来たんだよ。さっき受付で聞いたら、席を外してるって言われちゃって。確か、西条君は同じ部署だったよね？　今、どこにいるか、知らない？
西条　監督は朝から会議です。用事があるなら、伝えておきますけど。
のぞみ　西条さん、島崎さんが怪我したことは知ってますか？
馬場　あ、バカ。
西条　本当ですか、桐島さん？
のぞみ　知らなかったんですか？
西条　ええ。今、初めて聞きました。ひどい怪我なんですか？
馬場　いや、別に大したことはないんだ。ガールフレンドにぶたれて、頬に手形の跡がついただけで。
西条　それは普通、怪我とは言わないでしょう。
のぞみ　今のは嘘です。島崎さんは顎の骨を折ったんです。
馬場　桐島！
西条　（のぞみに）顎の骨を？　どうして？
のぞみ　それは私にもわかりません。だから、こうして調べてるんです。西条さん、あなたが最後に島崎さんと会ったのはいつですか？

西条　一昨日の練習の時かな。

のぞみ　その時、島崎さんは堀口さんと話をしてませんでしたか？

西条　なぜそんなこと聞くんですか？

のぞみ　よく思い出してください。練習の前でも後でも、二人だけで話をしてたってことはないですか？

西条　いきなりそんなことを聞かれても。

馬場　そうだよ、桐島。西条君は島崎さんのマネージャーじゃないんだから。

のぞみ　（西条に）どんなに小さなことでもいいんです。二人の様子で、いつもと違うところはありませんでしたか？

西条　別に。普通だったと思いますけど。

のぞみ　堀口さんは選手に暴力を振るったことがありますか？

馬場　バカ！　何だ、その聞き方は。

のぞみ　（西条に）たとえば選手が自分の言うことを聞かなかった時、カッとなって殴ったりしたことはありますか？

西条　ちょっと待ってください。あなた方は、監督が島崎さんを殴ったと思ってるんですか？

馬場　まさか。

西条　（のぞみに）あなたはどうなんですか？

のぞみ　思ってません。思ってないから、それを確かめたいんです。

西条　じゃ、なぜ最初にそう言わなかったんです。あなたたち記者はいつもそうだ。僕らの話を聞くふりをして、腹の中では勝手な憶測ばかりしている。でも、今回だけはやめてくださ い。嘘じゃなくて、事実を書いてください。監督は選手を殴るような人じゃない。それは僕が保証します。

馬場　なぜ君に保証できるんだ。君は堀口さんのことをよく知らないだろう。全日鉄に入って、まだ一年しか経ってないのに。

西条　僕は大学時代から監督を知ってます。

馬場　そうなの？

のぞみ　西条さんは堀口さんの後輩なんですよ。西条さんを全日鉄にスカウトしたのは堀口さんなんです。

西条　監督はいつも言ってます。ラグビーは紳士のスポーツだ。どんなに腹の立つことがあっても、ルールだけは守れって。

のぞみ　私も聞いたことがあります。

西条　だったら、監督を信じてください。じゃ、僕はこれで失礼します。

のぞみ　ありがとうございました。

西条が去る。

馬場　あいつ、怪しいな。

のぞみ　怪しいって？
馬場　話が核心に迫ったら、急に怒り出した。きっと何か隠してるんだ。
のぞみ　そうかな。私は正直に話してくれたと思います。西条さんの目から見ても、堀口さんはやっぱり紳士なんですよ。
馬場　やけに堀口の肩を持つなあ。おまえ、もしかして……。
のぞみ　何ですか？
馬場　堀口のファンなのか？　ダメだよ、新聞記者が選手のファンになっちゃ。部長みたいに、女優のファンならともかく。
のぞみ　馬場さんだって、上村愛子選手のファンじゃないですか。
馬場　バカ。愛子ちゃんはいいんだよ。彼女はスポーツ界に咲いた一輪のヒナゲシだ。他の不細工な選手たちは、彼女の美貌に嫉妬して、意地悪しているに違いない。だから、俺が応援してあげなくちゃ。
のぞみ　じゃ、私が堀口さんを応援しても構わないですよね？
馬場　堀口はおじさんだぞ。
のぞみ　今はね。でも、私がファンになった時は、まだ二十代でした。あ、電話だ。ちょっと待っててください。（と携帯電話を取り出して）もしもし。

遠くに耕平が現れる。

耕平　あ、のぞみちゃん？　僕です。耕平です。
のぞみ　どうしたの、こんな時間に？　お店は？
耕平　今、お昼休みなんです。洗濯物を中に入れようと思って、家に帰ってきたら、あきら君の姿が見えないんですよ。
のぞみ　もう学校に行ったんじゃないの？
耕平　僕も最初はそう思いました。でも、おかしいんです。ついでに掃除しようと思って、あきら君の部屋に入ったら――
のぞみ　あきらのヤツ、自分の部屋を耕平君に掃除させてるの？
耕平　いいえ、僕が勝手にやってるんです。放っておくと、床が見えなくなるから。で、部屋に入ったら、旅行カバンがなくなってたんですよ。
のぞみ　それで？
耕平　わからないんですか？　これは家出ですよ、絶対に。
のぞみ　置き手紙でもあったわけ？
耕平　あきら君がそんな几帳面なことをするわけないでしょう。
のぞみ　じゃ、私は仕事中なんで。
耕平　ちょっと待ってください。のぞみちゃんはあきら君が心配じゃないんですか？
のぞみ　心配じゃない。じゃあね。（と電話を切る）
耕平　のぞみちゃん！

耕平が消える。

のぞみ　お待たせしました。さあ、次へ行きましょう。

馬場　次ってどこだ?

のぞみ　堀口さんの会議が終わるまで、他の選手に話を聞くんです。(と走り出す)

馬場　桐島!　俺を置いていくなってば!

のぞみと馬場が去る。

6

三月二十六日夕。サンキュースポーツ新聞社。
上田部長がやってくる。携帯電話を持っている。

上田部長 あ、上田です。今朝はどうも。チケット、ちゃんと届きましたか？　あ、それはよかった。で、島崎の件は。え？　今度は浜崎あゆみのライブ？　最前列を二枚ですか？　あの、僕は芸能部じゃなくて、運動部なんですけど。わかりました。何とかしましょう。で、本題ですが。なるほど、やっぱりそうでしたか。いや、非常に参考になりました。じゃ、チケットはまた後で。

上田部長が電話を切る。そこへ、のぞみと馬場がやってくる。

のぞみ 部長、ただいま戻りました。
上田部長 ずいぶん遅かったな。もしかして、堀口に会えたのか？
馬場 いや、朝からずっと会議中で。俺たちが帰る時も、まだ終わってなくて。

のぞみ　（上田部長に）そのかわり、島崎さん以外の選手全員に取材してきました。

上田部長　ほう、それで？

のぞみ　部長が言ってた噂は、どうしても確かめられませんでした。誰に聞いても、島崎さんと堀口さんは喧嘩なんかしてなかったって。

上田部長　それがおまえらの結論か。じゃ、今度は俺がつかんだネタを聞かせてやろう。まず島崎の移籍の件だが、あいつが行きたがってたのは海外じゃなかった。国内の、別のチームだったんだ。

馬場　まさか。海外ならともかく、国内の移籍なんて聞いたことないですよ。

上田部長　しかし、間違いない。俺は相手の会社の人間に聞いたんだからな。

のぞみ　で、その相手っていうのは？

上田部長　全日鉄が準決勝で戦ったチームだ。

馬場　初芝府中か。じゃ、やっぱりあの試合は八百長だったんだ。

上田部長　今朝、初芝の新しい監督が発表された。予想通り、小笠原だった。おまえらも知ってるだろう。島崎がU－19にいた頃のコーチだよ。

馬場　高校時代からの知り合いか。だったら、島崎も行きたがるわけだ。

上田部長　それから、もう一つ。オフに入ってから、島崎は練習に出てなかった。ヤツは練習をボイコットしてたんだ。

馬場　本当ですか？

のぞみ　西条さんはそんなこと、一言も言ってなかったのに。

上田部長　チームのヤツらは秘密にしたがるだろうな。しかし、俺は初芝の人間に聞いたんだ。そいつは島崎に聞いたんだとさ。
のぞみ　でも、どうして？
上田部長　オフまで練習する必要はない。そう言って、堀口と大喧嘩したそうだ。二人は、シーズン中から何度もぶつかっていたらしい。島崎が移籍を希望したのは、堀口の下でやりたくないからなんだ。
馬場　（のぞみに）ほら、見ろ。やっぱり西条は嘘ついてたんじゃないか。
上田部長　馬場、桐島だけに罪を押しつけるな。おまえはその時、何をしてたんだ。
馬場　慌ててました。
上田部長　バカ野郎！　おまえ、何年カメラマンをやってるんだ。
のぞみ　馬場さんは悪くありません。私が勝手に突っ走ったんです。
上田部長　桐島、おまえ、「堀口は関係ない」って思ってるんじゃないだろうな？
のぞみ　いいえ、別にそういうわけじゃ。
上田部長　だったら、なぜ西条なんかに騙されたんだ。おまえは事実を確認しようとしたんじゃない。自分の思い込みを証明しようとしたんだ。違うか。
のぞみ　私はただ、部長がいつも言ってるように——
馬場　バカ、口答えするな！
上田部長　（のぞみに）俺がなんて言った。
のぞみ　取材する時は、自分なりの視点を持てと。

上田部長　視点を持ってっていうのは、勝手に思い込めってことなのか。
のぞみ　違います。私が間違ってました。
上田部長　よし。じゃ、記事はおまえが書け。島崎の怪我、堀口との対立。誰が読んでも、堀口が犯人だってわかるように書くんだ。
のぞみ　もう少し調べてからじゃいけませんか？
上田部長　丸一日調べて、何もわからなかったくせに、生意気を言うな。
のぞみ　お願いします。自分で納得してからじゃないと、そんな記事書けません。
馬場　桐島、いい加減にしろよ。悪いのは俺たちなんだから――

そこへ、耕平がやってくる。

耕平　すいません、桐島のぞみはいますか？
馬場　誰だ、あんた。
耕平　あれ、何だか空気が重い。すいません、出直してきます。（と歩き出す）
のぞみ　待ちなさいよ、耕平君。こんな所へ何しに来たの？
耕平　あきら君が来てるんじゃないかと思って。
のぞみ　私の会社に来るわけないでしょう？
耕平　でも、他は全部探したんです。これはやっぱり家出ですよ。
上田部長　家出？　桐島、おまえの知り合いが家出したのか？

のぞみ　いいえ、この人が勝手に騒いでるだけで。
馬場　で、その人は誰。
のぞみ　うちの使用人です。

そこへ、あきらがやってくる。

あきら　部長、チケット届けてきました。
上田部長　ああ、ご苦労さん。
耕平　あきら君！
あきら　耕平。なんでここにいるの？
のぞみ　それは私の方が聞きたい。あんた、いつの間に部長と知り合いになったの？
あきら　三時間ぐらい前。お姉ちゃんに会いに来たら、いきなりお使いを頼まれちゃって。
上田部長　え？　君、新しいアルバイトじゃなかったの？
あきら　違います。桐島のぞみの妹です。
上田部長　それならそうと言ってくれればよかったのに。
あきら　そんな暇、ありませんでした。いきなりチケットを押しつけられて、「府中に行け！　早く！」って。
のぞみ　で、私に何の用？
あきら　冷たいなあ。会社に泊まるって言うから、着替えを持ってきてあげたのに。

耕平　そうか。それで旅行カバンがなかったのか。

上田部長　（のぞみに）いい妹さんじゃないか。（あきらに）よかったら、本当にアルバイトをしないか？

あきら　お気持ちはうれしいんですけど、私、スポーツ新聞は苦手なんです。エッチな写真が載ってるから。

馬場　桐島、俺にも紹介してよ。

あきら　（右手を差し出して）はじめまして、桐島あきらです。

馬場　（あきらの右手を握って）カメラマンの馬場です。いつもお姉さんをお世話してます。

あきら　へえ、また怒られちゃったんだ。

馬場　え？（と手を放す）

上田部長　桐島、あと三時間だけ待ってやる。その間に、調べたいだけ調べてこい。それで新しいネタが見つからなかったら、記事は俺が書く。

のぞみ　わかりました。

上田部長　リミットは九時だ。九時を過ぎたら、諦めて家に帰れ。嫁入り前の娘が外泊なんかするな。それじゃ、あきら君、使用人君、また逢おう。

上田部長が去る。

のぞみ　あきら、ちょっとこっちにおいで。（と隅にあきらを引っ張っていく）

あきら　何よ。
のぞみ　今、馬場さんと握手した時、あのチカラを使ったでしょう？
あきら　使ってないよ。
のぞみ　嘘をつくんじゃないの。
あきら　それで、今夜はどうするの？　部長さんの命令を聞いて、家に帰る？
のぞみ　わからない。三時間で終わるどうか、わからないし。
あきら　私も一緒に行こうかなあ。
のぞみ　なんであんたがついてくるのよ。
あきら　だって、私も堀口さんのこと、心配だから。
のぞみ　やっぱり馬場さん、昔からファンだったもんね。部長さんがなんて言おうと、自分だけは信じて
あきら　お姉ちゃん、馬場さんの心を読んだんだ。
　　　　あげたい。その気持ち、わかるなあ。
のぞみ　あきら、よその人にはチカラを使うなって言ったの、忘れたの？
あきら　いいじゃない。別に迷惑がかかるわけじゃないし。
のぞみ　気づかれたらどうするのよ。怖がって、誰もあんたに近寄らなくなるんだよ。
あきら　いいよ。お姉ちゃんがいてくれるから。
のぞみ　私が結婚したら、どうするの。
あきら　私も一緒についていく。ダメ？（とのぞみの腕をつかもうとする）
のぞみ　（避けて）絶対ダメ。

馬場　桐島、これからどうする？
のぞみ　（時計を見て）堀口さんの家に行きましょう。この時間なら、もう帰ってきてるはずです。
馬場　俺は写真を現像しないとなあ。一緒に行かなくてもいいか？
のぞみ　大丈夫です、一人で。
馬場　西条に会ったら、俺が「嘘つき」って言ってたって伝えてくれよな。

馬場が去る。

あきら　よし、お姉ちゃん、出かけようか。
のぞみ　何言ってるの？　あんたは家に帰りなさい。
あきら　イヤだ。私も行く。
のぞみ　耕平君、あきらをつかまえて。
耕平　こうですか？（とあきらの腕をつかむ）
のぞみ　そうそう、そのまま百まで数えて。じゃあね。
耕平　一、二、三。

のぞみが走り去る。

あきら　お姉ちゃん！　こら、耕平、放せ！

耕平　あきら君も怖いけど、のぞみちゃんはもっと怖いから八、九、十。
あきら　ウッシッシ、誰もいないオフィスに二人きり？
耕平　え？（と腕を放す）
あきら　いやらしい男。

あきらが走り去る。

耕平　ちょっと、あきら君！　ウッシッシなんて、僕がいつ言った？　言っちゃったのかなあ。
あきら君！

耕平が走り去る。

7

三月二十六日夜。鶴見にある、西条のアパートの近くの路上。
西条と健太郎がやってくる。健太郎の首にはタオル。西条の手には洗面器。

健太郎　やっぱり、銭湯はいいねえ。風呂は広いし、女湯は覗けるし。
西条　覗いたのか、おまえ?
健太郎　何、興奮してるんだよ。冗談だよ、冗談。
西条　クソー、大人をからかいやがって。ほら、さっさと歩け。監督は時間に厳しいからな。今頃、部屋の前で待ってるかもしれないぞ。
健太郎　西条、喉が渇かないか?
西条　何だよ。コーラでも買えっていうのか?
健太郎　あんな甘ったるいもん飲めるかよ。ガキじゃあるまいし。
西条　じゃ、しみじみ緑茶か?
健太郎　鈍いヤツだな。風呂上がりって言ったら、ビールに決まってるだろう。
西条　おまえ、その年で酒なんか飲んでるのか?

健太郎　父さんは「ビールは酒のうちに入らない」って言ってたよ。
西条　監督が？　だからって、小学生がビールを飲むのはどうかと思うぞ。
健太郎　春と夏だけだよ。寒い夜には、やっぱり熱燗だよな。
西条　おまえ、本当に小学生か？

そこへ、のぞみがやってくる。

のぞみ　西条さん、すいません。
西条　どうしたんですか、こんな所へ。
のぞみ　一つ聞き忘れたことがあって。少しだけ時間をもらえませんか？
西条　アパートまで押しかけてこられたのは初めてですよ。
健太郎　誰、この人？　もしかして、西条の彼女？
西条　バカ。新聞社の人だよ。
健太郎　新聞社？
西条　（のぞみに）はっきり言って迷惑です。弟も、もう寝る時間だし。
健太郎　兄ちゃん、僕、先に部屋に行ってる。（と西条の手から洗面器を取る）
西条　親父が来てたら、中で待っててもらえ。
健太郎　わかってるよ。あ。（のぞみに）おやすみなさい。

健太郎が走り去る。

のぞみ　弟さんがいらしたんですね。知りませんでした。
西条　あなたには関係ないでしょう。さっさと用件を済ませてください。
のぞみ　西条さん、私に隠してたことがありますよね？
西条　何のことかな。
のぞみ　島崎さんが練習に出てなかったことですよ。どうして黙ってたんですか？
西条　言う必要がないと思ったからです。別に大した問題じゃないでしょう。
のぞみ　堀口さんはそのことをどう思ってたんですか？
西条　別に。監督は気にしてませんでしたよ。
のぞみ　本当ですか？
西条　僕が信用できないなら、直接、監督に聞けばいいでしょう。
のぞみ　ついさっき、お宅に行ってきました。でも、留守だったんです。会社に電話したら、とっくに帰ったって。
西条　どこかで食事でもしてるんじゃないですか？
のぞみ　どこかって？　堀口さんが行きそうな場所に、心当たりはありませんか？
西条　さあ。
のぞみ　私は本当のことが知りたいんです。島崎さんに怪我をさせたのは誰なのか。
西条　だから、監督は関係ないって言ってるじゃないですか。

のぞみ　わかってます。でも、私は堀口さんの口から「やってない」って言葉が聞きたいんです。お願いします。堀口さんが行きそうな場所を教えてください。

西条　知りませんよ。

のぞみ　西条さん、今度こそ、嘘をつかないでください。

西条　もし知っていたとしても、あなたに言うわけないでしょう。

のぞみ　なぜですか？

西条　あなたが記者だからですよ。じゃ、弟が待ってるんで。

そこへ、あきらと耕平が飛び出す。

あきら　ちょっとあんた、逃げるつもり？

のぞみ　なんでついてきたの？

耕平　ごめんなさい。僕は帰ろうって言ったんですけど。

あきら　(西条に)あんた、お姉ちゃんの気持ちがわからないの？

のぞみ　あきら、横から口出ししないでよ。

西条　悪いけど、僕は失礼しますよ。(と歩き出す)

あきら　耕平、そいつをつかまえて！

耕平が西条にタックル。あきらが右手で西条の背中に触る。

西条　ちょっと、何をするんですか！
のぞみ　耕平君、やめてよ！
あきら　（西条に）堀口さんはどこにいるの？
西条　放せ！　こんな取材の仕方、聞いたことないぞ！
あきら　（手を放して）お姉ちゃん、わかった！　こいつの部屋よ！
のぞみ　あきら、いい加減にしなさいよ！
あきら　堀口さんに会いたくないの？　耕平、死んでも放しちゃダメよ！

あきらがのぞみを引っ張って、走り去る。

西条　放せ、この野郎！
耕平　ダメです。放したら、あきら君にどんな目に遇わされるか。
西条　放さないと、変身するぞ。
耕平　え？　何に？（と手を放す）
西条　驚いたな。普通、信じないぞ。

西条が走り去る。

耕平　あ、待って！　あなたに逃げられたら、僕の命はないんです！

耕平が走り去る。

8

三月二十六日夜。鶴見にある、西条のアパート。
健太郎が堀口の背中を押してやってくる。堀口はバッグを持っている。

健太郎 まずいよ、父さん。なんでこんなに早く来たんだよ。
堀口 今朝言っただろう。八時に迎えに行くって。
健太郎 何が八時だよ。まだ、七時半じゃないか。
堀口 俺は五分前行動をモットーにしてる。約束の時間に遅れるのは大嫌いなんだ。第一、相手に失礼じゃないか。
健太郎 西条はそんなこと気にしないって。それより、父さん――
堀口 西条だと？　おまえ、子供のくせに、大人を呼び捨てにしたな？
健太郎 わかったよ、もうしないよ。それより、父さん――
堀口 待て。すぐに言い直せ。
健太郎 え？　今？
堀口 イヤなのか？　おまえ、西条のこと、バカにしてるんだな？

健太郎 してないよ。西条さん。これでいいだろう？
堀口 あれ？　西条はどうした。一緒に帰ってきたんじゃないのか？
健太郎 今、下で新聞記者と話をしてる。
堀口 記者と？

ドアチャイムの音。

健太郎 どうしよう、来ちゃったよ。
堀口 おまえ、出てこい。
健太郎 俺が？　なんて言えばいいんだよ。
堀口 何も言わなくていい。中に入ってもらえ。
健太郎 でも……。
堀口 俺は逃げも隠れもしない。いいから、行け。

健太郎が去る。すぐに、のぞみとあきらがやってくる。後から、健太郎もやってくる。

あきら （のぞみに）ほらね、やっぱりいたじゃない。
のぞみ お久しぶりです、堀口さん。
堀口 なんだ、桐島さんだったんですか。

健太郎　知ってる人？
堀口　ああ。仕事熱心で有名な人だ。俺も何度もインタビューされた。（のぞみに）それにしても、俺がここに来るって、よくわかりましたね。
のぞみ　ただの偶然です。私は西条さんに会いに来ただけで。
あきら　（堀口に）でも、一番会いたかったのは堀口さんなんですよ。
のぞみ　あきら。
堀口　（のぞみに）そちらの方は？
あきら　桐島のぞみの妹です。いつも姉がお世話になってます。
のぞみ　（堀口に）こんな時間にすいません。でも、どうしても堀口さんに確かめたいことがあって。
堀口　健太郎、おまえはもう寝ろ。
健太郎　まだ九時になってないよ。うちのルールは――
堀口　ルールは関係ない。これは大人の話なんだ。
あきら　（健太郎に）君、堀口さんの息子さん？
健太郎　ああ。
堀口　それだけか？
健太郎　（お辞儀して）健太郎です。はじめまして。

そこへ、西条がやってくる。腰に耕平がしがみついている。

西条　桐島さん、僕はすごく怒ってますよ。
耕平　あきら君、許して。
あきら　いつまでしがみついてるの？
耕平　もういいの？　ああ、疲れた。（と手を放す）
西条　監督、すいません。何とか追い返そうとしたんですが。
堀口　俺の方こそすまなかったな。すっかり迷惑をかけちまって。
西条　俺、迷惑だなんて思ってません。
堀口　迷惑ついでに、健太郎を向こうの部屋へ連れてってくれないか。
西条　わかりました。健太郎。
健太郎　俺、ここにいる。
西条　バカ。子供は邪魔なんだよ。
健太郎　俺、ここにいる。
堀口　いいだろう。ただし、絶対に口出しするんじゃないぞ。（のぞみに）それで、俺に確かめたいことっていうのは？
のぞみ　昨夜、島崎さんが怪我をしたことは知ってますか？
堀口　ええ。やったのは俺ですから。
のぞみ　え？
堀口　島崎に怪我をさせたのは俺です。俺が殴ったんです。
のぞみ　なぜですか？　なぜそんなことをしなくちゃいけなかったんですか？

堀口　それは俺と島崎の問題です。もちろん、責任は取るつもりです。
のぞみ　責任て？
堀口　俺は全日鉄を辞めます。
のぞみ　ちょっと待ってください。
堀口　これで記事は書けるでしょう。今日は帰ってください。
のぞみ　その前に、理由を教えてください。
堀口　理由は何であれ、俺が手を出したのは事実だ。だから、責任は俺が取る。それでいいじゃないか。
のぞみ　辞めれば責任が取れるなんて、勝手すぎます。
西条　あんたにそんなことを言う権利があるのか？
あきら　あるわよ。お姉ちゃんは堀口さんをずっと応援してたんだから。
耕平　あきら君、僕らは黙ってよう。
堀口　（のぞみに）あなたの気持ちはありがたいが、俺はもうじき傷害罪で告訴される。そんな男が監督を続けるわけにはいかないんだ。
のぞみ　島崎さんが訴えるって言ったんですか？
堀口　ああ。社長には示談にしろと言われたが、俺にそのつもりはない。
西条　辞表は受理されたんですか？
堀口　いや、まだだ。正式に告訴されるまでは、保留ってことになった。だから、もう少しだけ健太郎を預かってくれないか。

西条　それは構いませんけど。
堀口　（のぞみに）健太郎は、今度の事件とは何の関係もない。だから、そっとしておいてくれ。
あきら　ここへは二度と来ないでくれ。
耕平　それは難しいんじゃないかな。お姉ちゃんはともかく、他のマスコミは放っておかないでしょう。
あきら　あきら君。
のぞみ　だって、堀口さんほどの有名人が暴力事件を起こしたんだよ。「理由は言えない」って言われて、「はい、そうですか」って引き下がると思う？　ねえ、お姉ちゃん。
耕平　どんな手を使っても、聞き出そうとするでしょうね。
のぞみ　まさか、健太郎君にまで？
耕平　可能性はあると思う。
西条　じゃ、こんな所にいちゃダメじゃないですか。全日鉄とは関係のない場所に隠れないと。
堀口　おまえに言われなくてもわかってるよ。（堀口に）すぐにここを出ましょう。俺、近所のホテルに片っ端から電話しますから。
健太郎　頼む。
堀口　父さん、俺はイヤだ。
健太郎　口出しするなって言っただろう。
西条　ホテルなんか行きたくない。父さんと家に帰る。
　　　ワガママを言うな。監督はおまえのためを思って――

健太郎　父さんと一緒にいる。離れたくない。
堀口　健太郎、よく聞け。島崎が告訴したら、俺は警察に呼び出される。下手をしたら、何日も帰れないかもしれない。家にはマスコミが押し寄せるだろう。そんな所に、おまえを一人でいさせたくないんだ。
健太郎　でも。
堀口　ずっとってわけじゃないんだ。騒ぎが収まるまで、ほんのしばらく我慢すればいいんだ。
あきら　でも、健太郎君は堀口さんのそばにいたいって言ってるのよ。
西条　あんたたちは帰ってくれよ。聞きたいことはもう十分に聞いたはずだ。これ以上、俺たちに迷惑をかけないでくれ。
のぞみ　迷惑をかけたことは謝ります。
西条　今さら謝っても遅いんだよ。
のぞみ　わかってます。だから、責任を取らせてください。
耕平　のぞみちゃん、どうするつもり？
のぞみ　（堀口に）健太郎君は、私が預かります。
堀口　何だって？
のぞみ　私の家で。騒ぎが収まるまで。
あきら　いい考えじゃない。まさか記者の家にいるとは思わないもんね。
耕平　健太郎君も、一人にならなくて済みますよ。
西条　冗談じゃない。（のぞみに）あんたが健太郎を利用しないって、なぜ言い切れるんだ。

あきら　言い切れるわよ。お姉ちゃんは堀口さんの味方なんだから。
のぞみ　信じてください、堀口さん。
堀口　あなたが悪い人じゃないことはわかってる。しかし、あなたは記者だ。
のぞみ　今は記者ですけど、その前はただのラグビーファンでした。高校時代にテレビで見て、大好きになったんです。それは、全日鉄が日本選手権で優勝した試合でした。スタンドオフの堀口さんが、ロスタイムにトライを決めて、逆転勝ちしたんです。
堀口　俺の現役最後の試合だ。
のぞみ　あの試合を見なければ、私は記者にならなかった。堀口さんは、私にとって、大切な人なんです。だから、絶対に健太郎君を守ります。
堀口　しかし。
健太郎　父さん。俺、その人の家に行くよ。
堀口　健太郎。
健太郎　絶対に迷惑をかけないって約束する。だから、心配しないで。
のぞみ　私を信じてくれるの？
健太郎　（頷いて）いいでしょう、父さん？
堀口　（のぞみに）よろしくお願いします。
あきら　善は急げ。いっそのこと、今から来ちゃえば？　ねえ、お姉ちゃん。
のぞみ　え？　でも——
健太郎　俺、荷物を取ってくる。

健太郎が去る。後を追って、西条も去る。

堀口　桐島さん。あなたの家の方には、ご迷惑じゃないんですか？

あきら　うちの伯母さん、子供が大好きなんですよ。健太郎君が来たら、大喜びするんじゃないかなあ。

耕平　えーと、君は？

堀口　（堀口に）それは僕も保証します。

あきら　うちの使用人です。

そこへ、健太郎と西条が戻ってくる。健太郎はバッグを持っている。

堀口　なるべく早く迎えに行くからな。

健太郎　父さんがいなくても、ルールは守るよ。

のぞみ　（堀口に名刺を差し出して）これ、うちの住所と電話番号です。何かあったら、いつでも連絡してください。

あきら　耕平、健太郎君の荷物を持ってあげれば。

健太郎　平気です。

耕平　いいからいいから。どうせ僕は使用人だから。（と荷物を取る）

のぞみ　（健太郎に）じゃ、行こうか。
堀口　（バッグからボールを取り出して）健太郎。（とパス）
健太郎　（キャッチして）父さん、またね。

のぞみ・あきら・耕平・健太郎が去る。反対側へ、堀口と西条が去る。

9

三月二十六日夜。結子の家。
結子がやってくる。立ったり座ったり時計を見たりで落ち着かない。そこへ、のぞみとあきらがやってくる。

あきら　伯母さん、ただいま。
結子　なんだ、あなたたちだったの。
あきら　あれ？　伯母さん一人？
結子　そうなのよ。麻子、まだ帰ってこないの。
のぞみ　だから、言ったじゃない。帰ってくるわけないって。
結子　またそんなことを言って。飛行機が遅れただけかもしれないじゃない。
あきら　まあまあ、その話はいいから。お姉ちゃん。
のぞみ　伯母さん、ちょっと相談したいことがあるんだけど。
結子　何？
のぞみ　伯母さん、子供は好きだよね？

結子　大好きよ。子連れのお客さんが来たら、必ず抱っこさせてもらってるわ。
のぞみ　抱っこするだけじゃなくて、一緒に暮らしてみたいと思わない？
結子　のぞみちゃん、あなたまさか。誰なのよ、相手は。会社の人？　わかった。家によく電話してくる、上田部長さんでしょう？
あきら　伯母さん、勘違いしてる。
結子　え？　そういう話じゃないの？
のぞみ　私の知り合いに、堀口って人がいるんだけどね。その人の子供を家で預かりたいんだ。
結子　何ですって？
あきら　小学五年の男の子。礼儀正しくて、いい子だよ。
のぞみ　（結子に）そんなに長い間じゃないんだ。堀口さんが仕事の関係でゴタゴタしてるから、それが落ち着くまで。
あきら　（結子に）その人、離婚しちゃって、奥さんがいないの。だから、お姉ちゃんが一肌脱いだってわけ。
結子　のぞみちゃん、その人とはどういう関係なの？
のぞみ　関係って言われても。
あきら　（結子に）初めて会ったのは五年前。でも、お姉ちゃんは十年前から好きだったんだって。
のぞみ　余計なことを言うんじゃないの。
結子　のぞみちゃん。あなたがどんな人を好きになっても、私は反対なんかしないわ。でも、いきなり子供を引き取るっていうのはどうかしら。

のぞみ　そういう話でもないんだけど。
結子　じゃ、どういう話なのよ。伯母さん、何もわからない。
あきら　（のぞみに）いいから、会わせちゃおうよ。（外に向かって）耕平！

そこへ、耕平と健太郎がやってくる。耕平はバッグを持っている。

耕平　もういいんですか？
健太郎　お邪魔します。
結子　あら、まあ。
健太郎　ご迷惑をかけてすいません。（とお辞儀する）
結子　イヤだ、ちっとも迷惑なんかじゃないわ。大歓迎よ。
のぞみ　健太郎君っていうの。（健太郎に）この人が結子伯母さん。
健太郎　（結子に）堀口健太郎です。よろしくお願いします。（とお辞儀）
結子　今日からここがあなたの家よ。私のこと、お姉さんだと思ってね。そうだ、今夜は私と寝る？
健太郎　結構です。
結子　遠慮しなくていいのよ。私、寝相はいいんだから。
のぞみ　気持ちはとってもありがたいんだけど、健太郎君には私の部屋で寝てもらう。
耕平　のぞみちゃんは？

のぞみ　あきらの部屋。いいよね、あきら？
健太郎　僕のために部屋を開けるなんて。僕なんか、このソファーで十分ですよ。
のぞみ　子供が気を遣うんじゃないの。明日の朝は何時に起きる？　私が起こしてあげるよ。
健太郎　じゃ、六時にお願いします。
のぞみ　六時？
健太郎　ルールなんです。小学生は六時に起きるって。
耕平　のぞみちゃん、大丈夫？
のぞみ　努力する。（健太郎に）じゃ、部屋に行こうか。
あきら　（耕平からバッグを取り、健太郎に差し出して）はい、荷物。
健太郎　（受け取って）すいません。
あきら　（健太郎の頭を触って）淋しくない？
健太郎　全然。
あきら　そうだよね、お父さんも我慢してるんだもんね。
のぞみ　あきら。（健太郎に）さあ、行こう。
健太郎　おやすみなさい。

のぞみと健太郎が去る。

結子　のぞみちゃん、何だか生き生きしてるわね。

あきら　大事な人の役に立てたからね。
結子　大事な人ねえ。その人、どんなお仕事をしてるの？
あきら　ラグビーの監督。でも、もう辞めるみたい。
結子　どうして？
耕平　選手を殴って、病院送りにしちゃったんですよ。
結子　バツイチで、コブつきで、乱暴者？　どうしてよりによってそんな男と。
耕平　そのかわり、息子さんはとってもかわいいじゃないですか。
結子　そうよね。私、ああいうスポーツマン・タイプの男の子に弱いのよ。世話を焼きたくなるっていうか。そう言えば、健太郎、お風呂には入ったのかしら。私と一緒に入らないかなあ。

結子が去る。

あきら　伯母さん、健太郎君が気に入ったみたいね。
耕平　ねえ、あきら君。
あきら　何？
耕平　さっき、健太郎君に荷物を渡した時。何を考えてるか、わかったよね？
あきら　バカね。子供の考えてることなんて、顔を見ればわかるじゃない。
耕平　それから、僕が西条さんにタックルした時。堀口さんがどこにいるか、当てたよね？

あきら　あれは、西条さんが小さい声で言ったから。聞こえなかったの？

耕平　聞こえなかった。

あきら　耕平はそれどころじゃなかったもんね。さてと、私は部屋を片付けてこようかな。

耕平　前から不思議だったんだ。あきら君には、どうして僕の気持ちがわかるのか。一緒に暮らしてるからかなとも思った。でも、本当は。

あきら　うるさいなあ。言いたいことがあるなら、はっきり言いなよ。（と耕平の腕に手を伸ばす）

耕平　（あきらの手をつかんで）やっぱりそうなんだね？

あきら　放してよ。

耕平　この手で相手の心を読むんだ。そうなんだろう？

あきら　放してよ！

あきらが耕平を突き飛ばして、走り去る。耕平が自分の手を見つめる。去る。

10

三月二十七日朝。結子の家。
麻子がやってくる。トランクを持っている。懐かしそうに部屋の中を見回す。そこへ、健太郎がやってくる。ラグビーボールを持っている。

健太郎　おばさん、誰？
麻子　いつもこんなに早く起きるの？
健太郎　まあね。朝は六時に起きるって、ルールで決まってるから。
麻子　あなた、耕平君でしょう？
健太郎　え？
麻子　姉さんが住み込みで雇った子でしょう？　思ったより若いのね。年はいくつ？
健太郎　来月で十二。
麻子　最近の美容院は小学生を働かせるの？
健太郎　おばさん、何言ってるの？
麻子　おばさんおばさん、言わないでよ。あなた、耕平君じゃないの？

健太郎　俺は堀口健太郎。
麻子　私は桐島麻子。私、家を間違えちゃったのかな?
健太郎　俺は堀口だけど、この家は堀口じゃないよ。俺、昨夜からここで暮らすことになったんだ。
麻子　どうして?
健太郎　うちの父さん、ラグビーの監督でさ。選手をぶん殴って大怪我させちゃったんだ。
麻子　へえ。あなたのお父さん、強いんだ。
健太郎　まあね。俺は西条ってヤツのアパートに隠れてたんだ。でも、桐島さんに見つかっちゃって。
麻子　桐島って、もしかして桐島のぞみ?
健太郎　そうだよ。おばさん、知ってるの?　もしかしておばさん、桐島さんのおばさん?
麻子　だから、おばさんはやめてってば。

そこへ、結子がやってくる。

結子　健太郎、偉いぞ。ちゃんと自分で起きたのね。(と麻子を見て)麻子。
麻子　ただいま、姉さん。遅くなって、ごめんね。
結子　何してたのよ。もう帰ってこないかと思ったじゃない。
麻子　飛行機に乗り遅れたんだ。代わりの便がなかなか見つからなくて。
結子　あんた、すっかりおばさんになっちゃって。

麻子　うるさいなあ。姉さんだって、かなりのおばさんだよ。
結子　帰ってきたのね、本当に。
麻子　義兄さんのこと、大変だったね。
結子　覚悟はしてたから。入院してから長かったしね。
麻子　もっと早く帰ってくるつもりだったんだけど。
結子　いいのよ。あんたが忙しいことは、あの人もよくわかってたから。
麻子　義兄さんに一言、ありがとうって言いたかったな。
結子　麻子。（と麻子の手を握って）ちょっと待ってて。今、みんなを起こすから。
麻子　いいよ。まだこんな時間じゃない。
結子　（奥に向かって）耕平君！　耕平君！

そこへ、耕平がやってくる。

耕平　先生、声が大きいですよ。（と麻子を見て）あ。
麻子　おはよう、耕平君。
結子　（耕平に）わかる？　この人が麻子よ。
麻子　（耕平に）のぞみとあきらがいつもお世話になってます。
耕平　いいえ、そんな、ようこそお帰りくださいまして。
麻子　家のことは全部、あなたがやってくれてるんでしょう？　たまにはあの二人にもやるように言ってよ。

耕平　いや、家事は僕の生き甲斐ですから。

結子　耕平君、のぞみちゃんたちを起こしてきてくれない？

麻子　いいよ、起こさなくて。

耕平　え？　でも。

麻子　あの子たち、私が帰ってくること、喜んでないでしょう？　無理に起こすことないって。

結子　何言ってるのよ。喜んでるに決まってるじゃない。ねえ、耕平君？

耕平　ええ、たぶん。とりあえず、起こしてきます。

耕平が去る。

結子　（麻子に）そうそう、この子は健太郎君。

麻子　（健太郎に）さっき、友達になったんだよね。でも、私のことは何も話してないか。

結子　（健太郎に）この人はね、のぞみちゃんとあきら君のお母さんなの。

健太郎　やっぱり、そうなんだ。

麻子　仕事でずっとアメリカに行ってたの。それで今日、十五年ぶりに帰ってきたんだ。

健太郎　十五年ぶり？

麻子　最初は一年のつもりで出かけたのよ。でも、仕事がうまくいかなくて、どんどん延びちゃって。で、いつの間にか、十五年。

健太郎　僕が生まれる三年も前だ。
麻子　子供にとっては、長い時間だよね。本当はもっと早く帰りたかったんだけど、だんだん怖くなってきちゃって。のぞみとあきらに会うのが。
結子　大丈夫よ。あの子たちだって、きっとわかってくれる。
麻子　そうかな。私だったら、怒ると思うよ。
健太郎　僕だったら、喜ぶと思います。母さんが帰ってきてくれたら。
麻子　ありがとう。ちょっと気が楽になった。

そこへ、あきらがやってくる。

あきら　伯母さん、呼んだ？（と麻子を見て）ああ。
麻子　ただいま、あきら。
あきら　なんだ、やっぱり帰ってきたんだ。伯母さん、用事ってこのこと？
結子　あきら君、「お帰りなさい」は？
あきら　お帰りなさい。
結子　それだけ？
あきら　他に何か言うことがある？　私、今日は学校がないから寝る。もう起こさないでね。
麻子　わかった。ゆっくり寝なさい。
結子　（あきらに）待ちなさい。

あきら　何？
結子　麻子にもっとちゃんと顔を見せなさい。
麻子　いいってば。もうよく見たから。

そこへ、耕平が戻ってくる。

耕平　先生、のぞみちゃんはもう出かけるそうです。
結子　こんなに早く？　麻子が帰ってきたって言った？
耕平　いいえ、ただ、先生が呼んでるよって。
結子　どうしてはっきり言わないのよ。

そこへ、のぞみがやってくる。

のぞみ　ごめんね、健太郎君。私が起こすって言ったのに。（と麻子を見る）
麻子　ただいま、のぞみ。
のぞみ　（結子に）じゃ、私、仕事に行ってくるから。
結子　待ってよ、のぞみちゃん。麻子に何か言うことはないの？
麻子　のぞみ。遅くなって、ごめんね。
のぞみ　何しに帰ってきたの？

麻子　仕事がやっと一段落ついたんだ。今度帰らないと、また当分帰れそうもなかったから。
のぞみ　私は、何しに帰ってきたか、聞いてるの。
結子　決まってるじゃない。あなたたちに会いに来たのよ。
のぞみ　伯母さんは黙ってて！　私はその人に聞いてるんだから。
麻子　のぞみ。姉さんに八つ当たりするのはやめて。
のぞみ　偉そうなことを言わないでよ。少しは悪かったって顔をしたらどう？
麻子　私がどんな顔してたって、のぞみの気持ちは変わらないでしょう？　怒りたいなら、ちゃんと私に怒りなさい。
あきら　あーあ、開き直っちゃった。
耕平　あきら君。
のぞみ　（あきらに）なんでヘラヘラしていられるのよ。あんたは頭に来ないの？
あきら　別に。その人は伯母さんの妹なんだから、伯母さんに任せておけば？
結子　二人とも、どうかしてるわ。麻子はあなたたちの母親なのよ。
のぞみ　育ててくれたのは、伯母さんじゃない。（麻子に）伯母さん一人に迷惑をかけて。なんで伯母さんが一番大変な時に帰ってこないのよ。伯父さんが死んで、もう一カ月も経ってるんだよ。
結子　のぞみちゃん、やめなさい。
麻子　姉さん、止めないで。（のぞみに）それで？
のぞみ　だから、何度も言ってるでしょう？　なんで今頃になって帰ってきたのよ。

麻子　あんたが手紙をくれたから。帰ってこいって、言ってくれたから。
のぞみ　もう遅いよ。伯父さんが死んでからじゃ、意味がないんだよ。
麻子　もっと早く帰りたかった。でも、帰るのが怖かったの。あんたたちになんて言って謝れば いいか、わからなかったから。でも、あんたの手紙を読んで、やっと気づいたの。どれだけ、あんたたちに会いたかったか。
のぞみ　私は会いたくなかった。顔も見たくなかった。死ぬまで。
麻子　ごめんなさい。本当にごめんなさい。
のぞみ　謝っても無駄だよ。私は絶対に許さないから。（と歩き出す）
結子　待ちなさい、のぞみちゃん！

のぞみが去る。後を追って、結子が去る。

麻子　ごめんね、あきら。
あきら　私に謝る必要はないよ。私には、最初から母親なんていなかったんだから。
麻子　ごめんね。
あきら　しつこいなあ。本当に悪いと思ってるわけ？（と麻子の手をつかんで）え？
耕平　どうしたの、あきら君？
あきら　（手を放して）どうして？　どうして何も……。
耕平　え？　今、なんて言ったの？（とあきらの手をつかもうとする）

あきら　（振り払って）触らないでよ！

　　あきらが去る。

麻子　（耕平に）悪かったわね、あなたにまで八つ当たりさせちゃって。
耕平　違うんです。昨夜、ちょっと喧嘩しちゃって。
麻子　健太郎君、とんでもない所に来ちゃったね。あんまり気にしないでね。
健太郎　大丈夫です。僕の家も、しょっちゅう喧嘩してたから。
麻子　そうなの？
耕平　お母さん、おなか空いてませんか？
麻子　今、お母さんって言った？
耕平　すいません、他に呼び方が思いつかなくて。「麻子さん」じゃ堅苦しいし、「麻子ちゃん」じゃ馴れ馴れしいし。
麻子　いいよいいよ、お母さんて呼んでよ。どうせあの子たちは呼んでくれないだろうから。ところで、耕平君。おなかが空いた――
耕平　わかりました。すぐに支度します。

　　そこへ、結子が戻ってくる。

結子　のぞみちゃん、行っちゃったわ。
耕平　先生もごはんにしましょう。健太郎君、何か食べられないものはある？
健太郎　油揚げ。
耕平　わかった。今日のお味噌汁は油揚げにしよう。
健太郎　わあ、それだけは勘弁して！

耕平が走り去る。後を追って、健太郎が走り去る。

結子　麻子。のぞみちゃんの手紙って、いつ届いたの？
麻子　三週間ぐらい前。義兄さんが亡くなる直前に、出したんだと思う。
結子　そうだったの。時間が経てば、のぞみちゃんもきっと許してくれるわよ。
麻子　いいのよ。許してもらうために帰ってきたんじゃないんだから。

麻子と結子が去る。

11

三月二十七日朝。青山にある、カンナのプロダクション。
上田部長とカンナがやってくる。上田部長は鞄を持っている。

上田部長 いや、驚きましたよ。まさか、ご本人にお会いできるなんて。
カンナ 今日はここで雑誌の取材があるんですよ。それでたまたま来てたんです。
上田部長 こんなに朝早くからですか？
カンナ 別に早くないですよ。ドラマの撮影だと、午前五時からってこともあるし。
上田部長 大変ですね、女優って。僕には女優なんて絶対につとまらないなあ。
カンナ そうでしょうね。
上田部長 （周囲を見回して）意外と殺風景なんですね。芸能プロダクションて、もっとゴージャスなのかと思ってました。
カンナ すいません。取材は九時から始まるんですが。
上田部長 わかってます、わかってます。本題に入る前に、一つだけお願いがあるんですが。（と鞄から冊子を取り出す）

カンナ　それ、もしかして——
上田部長　萩原さんが初めて主演した映画、『伊豆の小麦粉』のパンフレットです。確か、デビューして三年目でしたよね？（と差し出す）
カンナ　（受け取って）懐かしい。どうしてこんなものを持ってるんですか？
上田部長　実は、その頃から萩原さんのファンだったんです。よかったら、サインしてもらえませんか？（と鞄からペンを取り出して、差し出す）
カンナ　（受け取って）喜んで。（とサインする）
上田部長　わあ、感激だなあ。（と冊子とペンを受け取って）ありがとうございます。上田家の家宝にしますよ。（と冊子とペンを鞄にしまう）
カンナ　それで、お話っていうのは？
上田部長　今朝のウチの新聞はご覧になりましたか？　これなんですけど。（と鞄から新聞を取り出す）
カンナ　読みましたよ。「全日鉄島崎ノックアウト、犯人は監督の堀口」。
上田部長　うれしいなあ。萩原さんがウチの新聞を買ってくださるなんて。
カンナ　買ってません。マネージャーが見せてくれたんです。
上田部長　よかったら、これ、差し上げましょうか？
カンナ　結構です。失礼ですけど、そこに書いてあることは事実なんですか？
上田部長　もちろんですよ。ウチのモットーは「嘘ついたら針千本飲ます」。確証のない記事は絶対に載せません。

カンナ　でも、堀口は暴力を振るうような人じゃないですよ。しかも、相手が島崎さんだなんて。
上田部長　ありえませんか？
カンナ　ありえませんよ。だって、島崎さんの移籍は、堀口も認めてましたから。
上田部長　本当ですか？
カンナ　島崎さんがそのつもりなら仕方ないって。
上田部長　それなら、どうして殴ったんだ。やっぱり犯人は堀口じゃないのか？
カンナ　堀口本人には確かめてないんですか？
上田部長　ええ、まだ。
カンナ　でも、さっき、確証のない記事は載せないって。
上田部長　（新聞を示して）よく見てください。「犯人は監督の堀口、か？」
カンナ　「か？」がついてたんですね。気づきませんでした。
上田部長　我々も堀口本人に話を聞きたいんですが、なかなか捕まらなくて。今日ここへ来たのも、そのためなんです。萩原さんなら、堀口の居場所を知ってるんじゃないかと思って。
カンナ　堀口は自宅にいないんですか？
上田部長　ここに来る前に、寄ってきたんですが、留守でした。
カンナ　健太郎もですか？
上田部長　健太郎って？
カンナ　息子です、私と堀口の。今は春休みだから、家にいるはずですけど。
上田部長　失礼ですが、息子さんは堀口と暮らしてるんですか？　あなたとじゃなくて？

カンナ　ええ、まあ。
上田部長　珍しいですね、父親が引き取るなんて。
カンナ　あの頃の私は、自分のことだけで精一杯だったんです。堀口は、仕事か健太郎か、一つを選べって言うし。でも、一人になって、すぐに気づきました。私には健太郎が必要だって。
上田部長　健太郎君だって、淋しがってると思いますよ。
カンナ　そうでしょうか？
上田部長　僕も昔は男の子でしたからね。男の子の気持ちはよくわかるんです。男の子はお父さんより、お母さんが好きなんだ。萩原さんみたいなキレイなお母さんなら、なおさらです。
カンナ　実は、ついさっき、堀口の家に電話したんです。その記事を見て、心配になって。でも、誰も出ませんでした。
上田部長　つまり、堀口は健太郎君を連れて姿を消したわけだ。ということは、やっぱり犯人なのか？　一体どっちなんだ。
カンナ　もし堀口が犯人だったとしたら、あの人は会社にいられなくなりますよね？
上田部長　下手をしたら、クビですよ。堀口はラグビー界のスターだ。傷害事件なんか起こしたら、日本中が大騒ぎになる。
カンナ　健太郎はまだ小学生です。そんな事件に巻き込まれたら、かわいそうです。
上田部長　子供には何の罪もないですからね。
カンナ　健太郎に会いたい。でも、私にもわからないんです。あの子がどこにいるのか。
上田部長　クソー、堀口の野郎。俺のカンナを悲しませやがって。

カンナ　俺のカンナ？
上田部長　あ、電話だ。ちょっと失礼。（と携帯電話を取り出して）はい、上田ですが。

遠くに、のぞみが現れる。

のぞみ　桐島です。たった今、全日鉄からファックスが来ました。堀口さんが会社を辞めるって。
上田部長　何だと？
のぞみ　十時から本社で記者会見をするそうです。どうしますか？
上田部長　俺は今、手が放せないんだ。おまえが行ってこい。馬場も一緒にだ。
のぞみ　わかりました。

のぞみが消える。

上田部長　（電話を切って）やっぱり、この記事は間違ってなかった。島崎を殴ったのは、堀口でした。
カンナ　本当ですか？
上田部長　全日鉄を辞めるそうです。これから記者会見を開くって。
カンナ　私、行ってみます。（と歩き出す）
上田部長　いや、あなたは行かない方がいい。騒ぎが大きくなるだけだ。ここは僕に任せてください。
カンナ　任せるって？

上田部長　必ず、健太郎君を取り戻してみせますよ。あなたのために。

二人が去る。

12

三月二十七日朝。全日鉄。
堀口がやってくる。後を追って、のぞみと馬場がやってくる。

馬場　待ってください、堀口さん。
堀口　驚いたな。ずっとここで待ってたんですか？
のぞみ　私は帰ろうって言ったんですけど、馬場さんがもっと話を聞きたいって。
馬場　さっきの記者会見じゃ、全然納得できなかったんでね。
堀口　なぜです。
馬場　あなたは何を言いました？　島崎を殴ったのは俺だ。だから、責任を取って、辞める。それだけじゃないですか。結局、殴った理由は言わなかった。
堀口　俺は言ったつもりですが。
馬場　（のぞみに）そうだっけ？
のぞみ　「考え方の違い」だって。
馬場　曖昧なんだよなあ。堀口さん、俺たちにはもう何もかもわかってるんです。本当は、島崎さんに移籍するって言われて、ついカッとなったんでしょう？

堀口　移籍の話は前から聞いてました。俺は別に反対しなかった。

馬場　でも、賛成だってしなかったはずだ。島崎さんがいなくなったら、来シーズンからどうやって戦うんですか。

堀口　今いる選手で何とかするしかないでしょう。辞めた人間に、こんなことを言う権利はないが。

馬場　堀口さんまでいなくなったら、全日鉄はおしまいですよ。あなた、その責任はどうやって取るつもりですか。

のぞみ　だから、責任を取って辞めたんじゃないですか。

馬場　なるほど。（堀口に）しかし、あなたには事件の真相を明らかにする責任もある。

堀口　俺に言えることは全部言いました。それで不満なら、後は自分で調べてください。

馬場　わかりましたよ。頑張ろうな、桐島。

のぞみ　堀口さん、これからどうするんですか？

堀口　とりあえず、仕事を探します。心当たりはあるんですよ。

のぞみ　ラグビーの仕事ですか？

堀口　それはもう無理でしょう。仲のいいヤツがオーストラリアにいるんで、そいつに頼んでみるつもりです。

馬場　わかった。向こうのチームで監督をするつもりですね？

堀口　違いますよ、ただのサラリーマンです。でも、ラグビーは趣味として続けるつもりです。

のぞみ　向こうだったら、遊びでやることぐらい、許してもらえるでしょう。
堀口　日本にはもう帰ってこないんですか？
のぞみ　それは健太郎次第です。
馬場　健太郎君も一緒に連れていくんですか？
堀口　あいつは俺が育てるって決めたんです。たとえ何があっても。
のぞみ　あの、健太郎って誰ですか？　堀口さんの息子ですか？
馬場　違いますよ。
のぞみ　じゃ、誰なんだよ。
馬場　犬ですよ。堀口さんが飼ってる。
のぞみ　あ、犬か。犬はかわいいよね。俺、好きだなあ。
堀口　（のぞみに）あいつ、迷惑をかけてませんか。
のぞみ　全然。ちゃんとルールを守ってますよ。
馬場　ルール？　何、それ。
堀口　二人で生きていくために、最低限守らなくちゃいけない決まりです。
馬場　二人じゃないでしょう。一人と一匹でしょう。
のぞみ　（堀口に）ルールって、いくつあるんですか？
堀口　七つです。嘘をつかない。人前で泣かない。挨拶はきちんとする。早寝早起き。食べたら歯を磨く。外から帰ったらうがいをする。
馬場　あれ、一つ足りませんよ。

堀口　桐島さん、関係ないことに巻き込んですいません。
のぞみ　気にしないでください。元はと言えば、私が悪いんですから。
堀口　仕事が決まったら、すぐに迎えに行きます。あと十日、いや、あと五日だけ、健太郎をお願いします。
のぞみ　任せてください。
堀口　あいつに伝えてもらえますか。ペナルティを考えておけと。
のぞみ　ペナルティ？
堀口　俺は七つ目のルールを破ったんです。人に迷惑をかけないこと。
のぞみ　私はそうは思いません。

そこへ、西条がやってくる。

西条　監督、ちょっと来てもらえますか。
堀口　もう監督じゃないだろう。
西条　みんなが監督に挨拶したいって言ってるんです。お願いします。
堀口　わかった。すぐに行く。
馬場　（西条に）嘘つき。
西条　え？
のぞみ　（西条に）何でもないんです。それじゃ、これで失礼します。

西条　ご苦労様でした。

馬場　嘘つき。

のぞみ　（馬場の腕を引っ張って）行きましょう、馬場さん！

のぞみと馬場が去る。反対側へ、堀口と西条が去る。

13

三月二十七日昼。結子の家。
ラグビーボールが転がってくる。後を追って、健太郎が飛び出す。

健太郎　おばさん、どこに投げてるんだよ。

後を追って、麻子がやってくる。

麻子　ごめんごめん。
健太郎　指を使うんだよ、指を。わかってる？（とボールをパス）
麻子　ラグビーは紳士のスポーツでしょう？　女の子には優しくしてよ。
健太郎　誰が女の子だ。バカなことを言ってないで、すぐにパス。
麻子　結構、厳しいのね。（とパス）
健太郎　父さんだったら、もっとビシビシやってるよ。（とパス）
麻子　手が痛くなってきちゃった。ちょっと休憩にしない？

健太郎　最初にやろうって言い出したのは、おばさんじゃないか。
麻子　私はこの手が商売道具なの。突き指でもしたら大変なのよ。
健太郎　おばさん、スリ？
麻子　違う違う。映画やテレビの俳優さんにお化粧してあげる人。
健太郎　メイクさんてこと？
麻子　なんだ、知ってるんじゃない。
健太郎　だって、俺の母さん、女優だもん。一度だけ、テレビのスタジオに行ったことがあるんだ。ずっと前だけど。
麻子　メイクさんてカッコいいと思わなかった？
健太郎　思わなかった。俺が見た人は、他人の顔より、自分の顔を何とかしろって感じだった。
麻子　あなた、私のこともそう思ってないでしょうね？
健太郎　へへへ。でもさ、他人の顔なんか触って、おもしろいの？
麻子　おもしろいよ。私も、最初は姉さんと同じ美容師だったんだ。でも、メイクの勉強を始めたら、やめられなくなっちゃって。
健太郎　だから、アメリカに行ったの？
麻子　お世話になってた美容院が、ロサンジェルスに支店を出すことになってね。行かせてくださいって頼んだの。
健太郎　もしかして、おばさんも離婚したの？
麻子　ううん。私の旦那さんは、私を応援してくれてたのよ。でも、私がロサンジェルスに行ってすぐに、交通事故で亡くなっちゃったの。

そこへ、あきらがやってくる。

あきら 健太郎君、どこかへ遊びに行かない？
健太郎 え？　あきらさんとですか？
あきら 家の中にいても、つまらないでしょう。遊園地でも行こうか。
健太郎 それって、もしかしてデートのお誘いですか？
麻子 何よ、急にかしこまっちゃって。私と話す時と全然違うじゃない。
健太郎 イヤだなあ。僕は相手によって態度を変えたりするような男じゃないですよ。
あきら どうする？　私とじゃ行きたくない？
健太郎 そんなことないですよ。わあ、うれしいなあ。
あきら よし、決まった。行こう。

そこへ、結子と耕平がやってくる。結子はアルバムを持っている。

結子 あら、あきら君、出かけちゃうの？
あきら 健太郎君と遊園地に行くの。別に構わないよね？
結子 健太郎は私が連れていくから、あなたは家にいなさい。

あきら　どうして？　誘ったのは私なのよ。
結子　(アルバムを示して) これ、あなたたちの昔のアルバム。麻子に送ってない写真もあるから、あなたが説明してあげて。
あきら　そんなの、伯母さんがやればいいじゃない。私は健太郎君と遊びに行きたいの。
耕平　昨日もそうだったよね。のぞみちゃんの会社にいきなり押しかけて。
あきら　あれは、荷物を届けに行っただけ。
耕平　それは表向きでさ、本当はお母さんと顔を合わせたくなかったんじゃないの？
あきら　違うよ。
麻子　いいじゃない、耕平君。健太郎君はあきらと行きたいって言ってるんだから。
結子　あんたはあきら君と話がしたくないの？
あきら　私は別にしたくない。健太郎君、行こう。
健太郎　(麻子に) いいの？
麻子　あんまり遅くならないようにね。
あきら　(健太郎に) ほら、早く。
健太郎　ごめんなさい。僕、やっぱりここにいます。
耕平　健太郎君の方が大人だね。
あきら　(健太郎に) 行きたかったんじゃないの？　遠慮しなくていいんだよ。
健太郎　父さんがいつ迎えに来るかわからないし。
あきら　来ないかもしれないよ。

耕平　あきら君。
あきら　可能性の話だよ。絶対に来るなんて、誰にも言い切れないでしょう?
耕平　でも、堀口さんはすぐに迎えに来るって言ったよ。
あきら　違う。なるべく早くって言ったの。それって、いつになるかわからないってことじゃない。
結子　あきら君、健太郎の前でそんなこと言わないで。
あきら　私は、あんまり期待しない方がいいって言ってるの。もうすぐもうすぐって思ってるうちに、十五年経っちゃったらどうするのよ。
麻子　あきら。怒る相手が違うわよ。
あきら　怒ってないよ。
麻子　その顔は、怒ってるって顔よ。
あきら　私は怒らないの。もともと誰にも期待してないし、信じてもいない。だから、怒る必要もないの。わかる?
麻子　あきらはそんな子じゃないでしょう?
あきら　子供扱いしないでよ!　私はあんたを母親だなんて思ってないんだから。
耕平　あきら君。
あきら　(麻子に)私に何を言われても、文句は言えないよね。あんたは私を捨てたんだから。一度ならまだしも、二度も。
健太郎　二度?
麻子　あきらのお父さんが亡くなった時、私はすぐに日本に帰ってきたの。でも、日本にいたの

健太郎　は半年だけ。またすぐにロサンジェルスに行ったの。
あきら　どうして。
結子　（麻子に）あんたが二度目にアメリカに行った時、私は決めたんだ。私のお母さんは死んだんだ。これからは、そう思って生きていこうって。
麻子　待ってよ、あきら君。二度目のアメリカ行きは、私が勧めたの。私が行きなさいって言ったのよ。
結子　でも、決めたのは私よ。
あきら　（あきらに）あの時の麻子は、まるで脱け殻みたいだった。でも、それは仕方ないことだったのよ。自分がいない間に、夫が亡くなったんだもの。死に目にも会えなかったんだもの。私が麻子だったら、とても耐えられなかったわ。
結子　その話なら、お姉ちゃんに聞いたよ。食べることも寝ることもできなくなったんでしょう？　だから、伯母さんが私たちを引き取ったんでしょう？
あきら　麻子にもう一度、生きる気力を持ってほしかった。だから、もう一度アメリカに行けって言ったのよ。
健太郎　そんなこと、どうでもいいんだよ。私が許せないのは、その人が一人で行ったことなんだから。
麻子　でも、帰ってきたじゃないか。帰ってきたんだから、それでいいじゃないか。
（あきらに）確かに、私はあんたたちを置いていった。でも、向こうに着いて、すぐに気づいたの。自分がどんなにバカなことをしたか。

あきら　口でなら、何だって言えるんだよ。でも、私は騙されない。あんたは自分のことしか考えてなかった。だから、五つの子供が捨てられたんだ。

麻子　私は捨ててなんかいない。

あきら　私がどれぐらい泣いたかわかる？　泣いて泣いて、もうこれ以上泣けないってぐらい泣いて。それでやっと諦めたんだ。全部忘れることにしたんだ。

麻子　私はあきらのこと、忘れてなかった。

あきら　嘘をつかないでよ。

麻子　明日は帰ろう、明日は帰ろうって、ずっと思ってた。

あきら　（麻子の腕をつかんで）嘘よ！

麻子　本当よ。

あきら　（腕を放す）

耕平　どうしたの、あきら君？　お母さんはなんて言ってたの？

あきら　（耕平の腕をつかむ）

耕平　あきら君。

あきら　（腕を放して）どうして？　おかしいよ、こんなの！（と走り出す）

結子　あきら君、どこへ行くのよ！

あきらが走り去る。後を追って、耕平と結子が走り去る。

adidas

麻子　ごめんね、健太郎君。またイヤな思いをさせちゃって。
健太郎　いいえ。僕は平気です。
麻子　紅茶でも飲もうか。ちょっと待っててね。

麻子が去る。健太郎がラグビーボールを見つめる。反対側へ去る。

14

三月二十七日夕。結子の家。
のぞみがやってくる。反対側から、結子がやってくる。

結子　のぞみちゃん、待ってたのよ。
のぞみ　何かあったの？
結子　大変なのよ。健太郎がいなくなっちゃったの。
のぞみ　いつ？　どうして？
結子　お昼すぎに、あきら君が遊園地に連れていくって言い出したのよ。私が止めたら、喧嘩になっちゃって。あきら君は部屋に閉じこもったの。
のぞみ　健太郎君は？
結子　のぞみちゃんの部屋で、本を読んでたみたい。で、夕ごはんができて、呼びに行ったら、二人ともいなくなってたの。
のぞみ　あきらが健太郎君を連れ出したの？
結子　それがわからないのよ。どうしよう、のぞみちゃん。健太郎にもしものことがあったら――

そこへ、麻子がやってくる。

麻子 お帰り、のぞみ。
結子 どうだった？
麻子 あきらの友達に片っ端から電話してみた。でも、誰も来てないって。
結子 耕平君は？
麻子 あきらの部屋。昔のアドレス帳がないかどうか、探してる。
結子 本当にどこに行っちゃったのかしら。やっぱり、遊園地かな。
のぞみ 遊園地だったら、もう帰ってきてもいいはずだよ。
麻子 健太郎君とあきらは、前から仲がよかったの？
結子 ううん。私たちが健太郎に会ったのは、昨日が初めてだったから。
麻子 そうなの？　でも、のぞみは前から知ってたんでしょう？
のぞみ （首を横に振る）
麻子 でも、健太郎君のお父さんとは親しいのよね？
のぞみ （首を横に振る）
麻子 それじゃ、健太郎君が行きそうな場所はわからないってこと？　親しくもない人の子供を、どうして預かったりしたの？
結子 のぞみちゃんは、健太郎のお父さんが好きなのよ。

のぞみ　そうじゃないよ。
結子　素直になりなさい。好きだから、役に立ちたいって思ったんでしょう？
のぞみ　私は健太郎君を守りたかったんだ。あの子には、他に頼れる人がいないから。
麻子　あんた、健太郎君のお母さんにでもなったつもり？
のぞみ　私が母親になりたいって思っちゃいけない？
麻子　それはあんたの勝手よ。でも、健太郎君の気持ちは考えたの？
のぞみ　子供には母親が必要なのよ。

そこへ、耕平がやってくる。後から、上田部長とカンナがやってくる。

耕平　あの、お客様です。
のぞみ　部長、どうしたんですか？
上田部長　（結子に）はじめまして。サンキュースポーツの上田です。
結子　部長さんですか？　いつものぞみがお世話になってます。
上田部長　桐島君のお母さんですね？
結子　いいえ、私は伯母です。母親はこちら。（と麻子を示す）
麻子　（上田部長に）はじめまして。
上田部長　（カンナを示して）こちらは紹介するまでもないと思いますが、女優の萩原カンナさん。堀口健太郎君のお母さんです。

カンナ　（麻子に）健太郎がお邪魔しているそうで、申し訳ありません。
のぞみ　なぜここにいるってわかったんですか？
上田部長　その前に、僕の方から質問させてもらおう。桐島君、君は僕に隠し事をしていたね？
結子　のぞみちゃん、隠し事って何？
上田部長　（のぞみに）しかも、君は先輩の馬場君に嘘をついていたね？
のぞみ　私、嘘なんて。
上田部長　シラを切っても無駄だ。（外に向かって）馬場君。

そこへ、馬場がやってくる。

馬場　桐島、俺は悲しいぞ。おまえが健太郎は犬だって言うから、俺はてっきり。
上田部長　（のぞみに）君は馬場君の正直な人柄を利用した。違うか？
馬場　桐島、俺は悲しいぞ。
上田部長　（のぞみに）しかも、君は仕事に私情を挟んだ。
のぞみ　私情じゃありません。私はただ、堀口さんのことが。
上田部長　君が堀口のファンだということは、よくわかってる。しかし、君のしたことが、どれだけ萩原さんを苦しめたか、少しは考えてみたらどうだ。
カンナ　（のぞみに）あなたが嘘をついた理由はわかります。堀口に口止めされたんでしょう？
のぞみ　すいません。

上田部長　反省してるなら、健太郎君をここに連れてきてもらえるかな。
のぞみ　何のために？
上田部長　決まってるだろう。萩原さんと一緒に帰るんだ。
のぞみ　堀口さんの許可は取ったんですか？
カンナ　その必要はありません。私は健太郎の母親なんですから。
のぞみ　あなたは健太郎君を置いて、出ていったんでしょう？　今さらよこせなんて、勝手すぎるじゃないですか。
上田部長　桐島君、失礼だろう。
カンナ　（のぞみに）母親が子供と暮らしたいと思うのが、どうしていけないの？
のぞみ　だったら、どうしてずっとそばにいなかったのよ。一度捨てておいて、今さら許されると思ってるの？
カンナ　健太郎に会わせて。あの子と話をさせて。
耕平　実はですね！
上田部長　わあ、ビックリした。いきなり大声を出さないでくれ、使用人君。
耕平　実は、健太郎君はここにはいないんです。
上田部長　またまた。
耕平　またまたじゃありません。本当にいないんです。どこに行ったかも、わからないんです。でも、心配はいりません。なぜなら、私・草野耕平が、命を懸けて探し出すからです。では、行ってきます！

耕平が走り去る。

カンナ　(結子に) 健太郎はいつ頃、いなくなったんですか?
結子　それもわからないんです。最後に姿を見たのは、二時頃だったけど。
上田部長　(時計を見て) もう五時間以上、経ってるな。
麻子　でも、一人でいなくなったんじゃないの。のぞみの妹も一緒だと思う。
上田部長　萩原さん、どこかに心当たりはありませんか?
カンナ　あの子が行きそうな所なんて、堀口か私のマンションぐらいしか。
上田部長　とりあえず、電話してみましょう。(と携帯電話を取り出す)
のぞみ　(結子に) 私、近所を探してくる。
麻子　私も行くわ。
結子　あなたはここにいて。あきら君が帰ってきても、怒らないでね。
麻子　わかってる。

のぞみと結子が去る。反対側に、麻子が去る。

馬場　俺はどうしようかなあ。
上田部長　バカ野郎!　おまえはタクシーを拾ってこい。すぐにだ。

馬場　行ってきます。

馬場が走り去る。反対側へ、カンナと上田部長が去る。

15

三月二十七日夕。自由が丘にある、小学校。
あきらがやってくる。後を追って、健太郎もやってくる。

健太郎　あきらさん、いつまで黙ってるんですか？
あきら　……。
健太郎　どうして学校なんかに来たんですか？
あきら　どこでもつきあうって言ったじゃない。
健太郎　あ、やっとしゃべった。じゃなくて、おしゃべりくださった。
あきら　その敬語、間違ってるよ。
健太郎　え？　おしゃべりなさった？　おしゃべりにならはった？
あきら　慣れない言葉は使わない方がいいんじゃない？　あと、あきらさんじゃなくて、あきらでいいよ。そのかわり、私も健太郎って呼ぶから。じゃ、一回練習してみようか。
健太郎　あきら。
あきら　何だ、健太郎。ほらね？　この方が話しやすいでしょう？

健太郎　あきらって、男みたいな名前だな。誰がつけたの？
あきら　あの人。
健太郎　麻子おばさんのこと？　どうしてお母さんって呼ばないんだよ。
あきら　母親じゃないもん。
健太郎　子供みたいなこと、言うなよ。さっきだって、泣きそうになっちゃって。
あきら　うるさいなあ。大人にはいろいろあるの。
健太郎　大人はすぐにそれだもんなあ。何かって言うと、子供にはわからないって。
あきら　あんたに私の気持ちがわかるの？
健太郎　あきらはさっき、こう言ったよね？　私のお母さんは死んだんだって。俺も母さんが出ていった時、同じことを考えたんだ。俺の母さんは死んだんだ。これからはそう思って生きていこうって。
あきら　それで？
健太郎　でも、ダメだった。何をしてても、母さんの顔が浮かんできて。いつの間にか、涙が出てるんだ。で、やっとわかった。俺はやっぱり母さんが好きなんだって。嫌いになろうとしても、無駄なんだって。
あきら　あんた、私もそう思ってるって言いたいの？
健太郎　そうじゃなくて、あれ？　俺、何が言いたかったのかな。あ！
あきら　何よ。
健太郎　今、向こうの方で変な音がしなかった？

あきら　別に。何も聞こえなかったよ。あ！
健太郎　何だよ。
あきら　健太郎、もしかして、怖いの？
健太郎　バカなことを言うなよ。俺は来月で、六年だよ。
あきら　そう。じゃ、私がどんな話をしても、泣いたりしないよね？
健太郎　当たり前だよ。でも、もう暗くなってきたし、そろそろ帰った方がいいんじゃないかな。
あきら　ここは、私とお姉ちゃんが通ってた小学校なんだけどね。何十年も前から伝わってる、不思議な噂があるのよ。その一つが、呪いの写真。
健太郎　わあ、おもしろそうな話。俺一人で聞いたらもったいないなあ。そうだ。家に帰って、おばさんたちにも聞かせてあげよう。
あきら　ここの校長室には、昔の校長先生たちの写真が飾ってあるの。その中に一人だけ、ツルツル頭の校長先生がいるんだ。ところが、毎晩十二時を過ぎると、一本ずつ毛が生えてきて、夜明け前にはバーコード状態になるんだって。
健太郎　呪いだ。その校長先生は、ハゲハゲってバカにされてたんだ。
あきら　昔、ここで入学式があった時、一人の女の子が行方不明になったの。
健太郎　今度は、呪いの入学式だ。怖いけど、聞きたい。
あきら　その子のお母さんは、その子が小さい時に、遠くへ行っちゃったの。でも、三月に手紙が届いて、式の日までには必ず帰るって書いてあったの。
健太郎　それって、もしかして。

あきら　ところが、お母さんは帰ってこなかった。式が終わっても、姿を見せなかった。でも、その子は絶対に帰ってくるって信じてたから、教室で待ってた。他の子がいなくなって、一人ぼっちになって、それでも待ってたんだ。

健太郎　家の人は探しに来なかったの？

背後に、懐中電灯の光。のぞみと結子が通りすぎる。

あきら　見つからないように、先生の机の下に隠れてたのよ。そのうち、お腹が空いてきたけど、その子は必死で我慢した。お母さんが来るまで待つって、決めてたから。

健太郎　それで、どうなったの？

あきら　だんだん悲しくなってきて、机の下でわんわん泣いたの。これ以上泣いたら、体の水分がなくなっちゃうっていうぐらい。やがて、お日様が沈んで、教室の中は真っ暗になった。

健太郎　それでも泣き続けてたら。どうしたの？

あきら　お母さんが来てくれたのよ。

背後に、懐中電灯の光。「あきら？　あきら？」という声が聞こえる。

あきら　お母さん？

そこへ、麻子が現れる。

麻子　あきら。こんな所にいたの？　どうしてお家に帰ってこなかったのよ。
あきら　だって、お母さんが入学式に来るって言ったから。
麻子　だから、ずっとここで待ってたの？　もう。心配させないでよ。
あきら　お母さんが悪いんだよ。お母さんが来てくれないから。
麻子　ごめんね、遅くなっちゃって。
あきら　私より、お仕事の方が好きなの？　私のこと、忘れてたの？
麻子　忘れるわけないいじゃない。早くあきらの顔が見たくて、飛んできたのよ。
あきら　もうどこにも行かないよね？　ずっとそばにいるよね？
麻子　（頷いて）さあ、一緒に帰ろう。
あきら　お母さん、髪の毛に何かついてる。
麻子　え？　なんだ。桜の花びらよ。
あきら　（見上げて）きれいだね、桜って。
麻子　（見上げて）これからよ。これからもっともっと、きれいになるの。
健太郎　なんだ、よかったじゃないか。
あきら　夢だったんだ。
健太郎　え？

あきら　泣き疲れて、いつのまにか眠ってたんだ。目が覚めたら、やっぱり一人ぼっちだったんだ。

麻子が消える。

健太郎　桜の花は？
あきら　咲いてなかった。夕方、雨が降って、全部散っちゃってた。
健太郎　そうか。みんな夢だったのか。
あきら　もういいや、家に帰ろう。そう思って校門を出たら、目の前にお姉ちゃんが立ってた。懐中電灯を持って、泣きそうな顔をして。「わあ、ぶたれる」って思ったら、いきなり抱きしめられた。息ができないぐらい、強く。
健太郎　何も言われなかったの？
あきら　「おばさんが心配してるよ」って、それだけ。お姉ちゃんは、私の手を握って、歩き出した。お姉ちゃんの手はとても温かかった。あの時の温かさは、一生忘れない。はい、これでこの話はおしまい。
健太郎　あ！
あきら　何よ。
健太郎　今、声が聞こえなかった？
あきら　また、空耳じゃないの？
健太郎　違うよ。誰かがあきらを呼んでるんだ。ほら。

背後に、懐中電灯の光。「あきら？　あきら？」という声が聞こえる。

あきら　お母さん？

そこへ、耕平がやってくる。

耕平　誰だ！　勝手に校舎の中に入ったのは。
あきら　耕平。どうしてここがわかったの？
耕平　僕には何でもわかるんだ。あきら君のことなら、何でも。
あきら　嘘ばっかり。（と耕平の腕をつかもうとするが、やめる）
耕平　どうしたの？
あきら　別に。
耕平　いつもみたいに、読めばいいのに。
あきら　うるさい。
耕平　怖いんだね？　さっき、読めなかったから。
あきら　うるさい！

あきらが走り去る。

健太郎　何の話？

耕平　大人にしかわからない話だよ。さあ、僕たちも帰ろう。

耕平と健太郎が去る。

16

三月二十七日夜。結子の家。
麻子と上田部長がやってくる。

上田部長　馬場のヤツ、どこまで行ったんだ。
麻子　タクシーを拾いに行ったんですよね？　大通りに出れば、すぐにつかまると思いますけど。
上田部長　普通の人ならそうでしょう。しかし、馬場は馬場ですから。

そこへ、カンナがやってくる。

麻子　どうでした、堀口さんは？
カンナ　健太郎は行ってないそうです。なぜおまえがそこにいるんだって、凄い剣幕でした。
上田部長　事情は説明したんですか？
カンナ　すぐにこっちへ来るそうです。
上田部長　それはよかった。ヤツが来たら、島崎事件の真相が聞けるじゃないですか。

カンナ　私は会いたくありません。会えば、また喧嘩になるだろうし。
上田部長　その時は、僕があなたを守りますよ。たとえ、顎の骨を折られても。

そこへ、耕平が飛び出す。

耕平　ただいま帰りました！
麻子　健太郎君は見つかった？
耕平　やっぱり、あきら君と一緒でした。近くの小学校にいたんです。

そこへ、あきらと健太郎がやってくる。

カンナ　健太郎！
健太郎　母さん、なんでここにいるの？
カンナ　心配したのよ。どうして黙って出かけたりしたの？
上田部長　しかし、無事でよかったじゃないですか。使用人君、ご苦労様。
健太郎　（カンナに）俺がここにいるって、よくわかったね。父さんから聞いたの？
カンナ　まあね。荷物はどこ？　すぐに持ってきなさい。
あきら　まさか、健太郎を連れていくつもり？
カンナ　当然でしょう？　私はこの子の母親なんだから。

あきら　堀口さんはそのことを知ってるの？
カンナ　あの人は関係ないわ。私には、この子を引き取る権利があります。
あきら　お姉ちゃんには、堀口さんとの約束を守る義務があるのよ。
耕平　どうでしょう。ここはとりあえず、のぞみちゃんが帰ってくるまで待つってことにしたら。
カンナ　そんな時間はありません。さあ、健太郎。
健太郎　でも。
上田部長　早くしないと、桐島より厄介なヤツが来るんだ。そいつが来たら、おじさんは殺されるかもしれない。おじさんを助けると思って、一緒に行ってくれ。
カンナ　上田さん。
上田部長　冗談ですよ。さあ、健太郎君、行こう。とカッコよく出ていきたいのに、馬場が戻ってこない。（外に向かって）馬場！
あきら　（カンナに）あなたに健太郎は渡さない。
カンナ　そんなことを言う権利が、あなたにあるの？
あきら　自分はどうなのよ。堀口さんは、どうしてあなたに健太郎を預けなかったんだと思う？
あなたはもう母親じゃないからよ。
耕平　あきら君、言いすぎだよ。
カンナ　健太郎、荷物を持ってきなさい。
麻子　ちょっと待ってください。あなたと一緒に行きたいかどうか、健太郎君にも聞いてやってくれませんか？

カンナ　この子だって、私と行きたいに決まってるわ。
麻子　それはあなたの意見でしょう。子供の意見も大切にしないと。
上田部長　（カンナに）一応、聞くだけ聞いてみましょう。無理やり連れていったって、堀口に言わせないように。
麻子　（健太郎に）お母さんと一緒に行きたい？　それとも、お父さんが迎えに来るまでここにいたい？
健太郎　俺は。
カンナ　健太郎。私はね、健太郎とゆっくり話がしたいのよ。
あきら　あなたは黙っててよ。今は健太郎の意見を聞いてるんだから。
カンナ　（健太郎に）一昨日の夜、あなたの家へ行ったでしょう？　あの時、私はお父さんにお願いしたの。健太郎を引き取りたいって。
健太郎　知ってるよ。
カンナ　すぐに結論を出せとは言わないわ。でも、お父さんと暮らすことが、あなたにとって本当に幸せ？　お父さんのしたことで、たくさんの人たちに迷惑がかかってるのよ。こちらのお家の方にだって。
あきら　誰が迷惑だって言った？　勝手に決めつけないでよ。
カンナ　（健太郎に）私の所に来れば、誰にも迷惑がかからないのよ。
健太郎　わかった。母さんと一緒に行くよ。
あきら　お父さんはここにいろって言ったのよ。約束を破ってもいいの？

健太郎　ルールがあるんだよ。人に迷惑をかけないこと。俺、荷物を取ってくる。
耕平　手伝うよ。

耕平と健太郎が去る。

あきら　お姉ちゃんはどうなるのよ。健太郎を守るって約束したのに。
麻子　仕方ないわよ。あの子が決めたことなんだから。
あきら　（カンナに）健太郎はまだ小学生なのよ。大人の都合で振り回して、かわいそうだと思わないの？
カンナ　これが最後よ。私と暮らすようになれば、あの子はきっと幸せになれる。
あきら　堀口さんはどうなるのよ。
上田部長　あいつは人を殴って傷つけたんだ。殴ればどんなことになるか、わかっていたのに。あいつは、自分で父親の資格を捨てたんだ。

そこへ、馬場が飛び出す。

馬場　部長、タクシーを拾ってきました。
上田部長　ご苦労。さあ、カンナさん、行きましょう。とカッコよく出ていきたいのに、健太郎君が戻ってこない。（奥に向かって）健太郎君！

そこへ、耕平と健太郎が戻ってくる。耕平はバッグを、健太郎はラグビーボールを持っている。

健太郎 いろいろお世話になりました。
麻子 また遊びに来てね。
健太郎 のぞみさんと結子おばさんに、ありがとうって伝えてください。
上田部長 馬場、荷物を持ってやれ。
馬場 わかりました。（と耕平の手からバッグを取り、健太郎に）ほら、貸して。
健太郎 いいです。これは僕が持ちます。
カンナ （麻子に）それじゃ、お邪魔しました。
あきら ちょっと待ってよ。（とカンナの腕をつかむ）
カンナ 何するの？
あきら 健太郎にはお父さんが必要なのよ。
カンナ （あきらの手を振り払って）私がいれば大丈夫よ。私がいつもそばにいれば。
あきら そんなことができるわけないじゃない。あなたには仕事があるんだから。
カンナ 大丈夫だって言ってるでしょう？　他人がこれ以上、口出ししないで。
あきら もしかして、あなた――
カンナ 行くわよ、健太郎。
健太郎 （あきらたちに）さようなら。

カンナ・健太郎・上田部長・馬場が去る。

17

三月二十七日夜。結子の家。

耕平　あきら君、仕方なかったんだよ。
あきら　私に話しかけないで。
麻子　あんたたち、まだ喧嘩してるの？
耕平　喧嘩っていうか、もともと悪いのは僕なんですよ。
麻子　それなら、さっさと謝っちゃえばいいのに。
耕平　謝って済めば、話は簡単なんですけど。

そこへ、のぞみがやってくる。

耕平　あ、お帰りなさい、のぞみちゃん。
のぞみ　あきら、いつ帰ってきたの？
あきら　十分ぐらい前かな。

のぞみ　健太郎君は？　あんた、一緒じゃなかったの？
耕平　健太郎君はお母さんと帰りました。
のぞみ　萩原さんと？　どうして私が戻ってくるまで、引き留めてくれなかったの？
耕平　努力はしたんですけど。
あきら　嘘ばっかり。
のぞみ　堀口さんになんて謝ればいいのよ。任せてくださいって言っちゃったのに。
麻子　あんたの気持ちはわかるけど、仕方なかったのよ。
のぞみ　あんたは黙っててよ。
耕平　のぞみちゃん。
のぞみ　堀口さんはオーストラリアに行くんだ。仕事が決まり次第、すぐに。
耕平　健太郎君と二人で？
のぞみ　堀口さんはそのつもりだった。でも、健太郎君が行かないなら、一人で行くしかないんだよ。
あきら　お姉ちゃんが一緒に行けばいいじゃない。
のぞみ　そんなことができるわけないでしょう？
あきら　どうしてよ。お姉ちゃんは堀口さんが好きなんでしょう？　だったら、連れていってくださいって頼んでみれば？
のぞみ　私が行っても、意味がないんだよ。健太郎君が行かなくちゃ。
麻子　それはあの子が決めることよ。

のぞみ　健太郎君だって、行きたいに決まってる。
麻子　のぞみ、あんたはあの子に自分と同じ思いをさせたくないだけなのよ。
のぞみ　そうよ。それがどうしていけないの？

そこへ、結子と堀口がやってくる。

結子　のぞみちゃん、堀口さんがいらっしゃったわよ。
耕平　どうして先生と一緒に？
結子　大通りで道を聞かれたのよ。桐島さんの家はどこですかって。
堀口　（のぞみたちに）いろいろご迷惑をかけて、申し訳ありませんでした。それで、健太郎は見つかったんですか？
のぞみ　堀口さん、すいません。
堀口　なぜあなたが謝るんですか。
耕平　健太郎君は、萩原さんが連れていっちゃったんです。
堀口　カンナが？
麻子　のぞみはその場にいなかったんです。健太郎君を探しに、外へ出てたから。
堀口　とにかく、健太郎はカンナの家に行ったんですね？
麻子　たぶん。
堀口　じゃ、俺もこれから行ってきます。

耕平　健太郎君を取り返しに行くんですか？
堀口　健太郎は、俺が育てるって決めたんです。カンナに渡すわけにはいきません。
あきら　萩原さんが再婚してもですか？
堀口　あいつ、そんなことまで言ったんですか？
あきら　言ってません。そうじゃないかなって思っただけで。
のぞみ　堀口さん、本当ですか？
堀口　ええ。俺も一昨日の夜、初めて知ったんですが。
のぞみ　一昨日って、まさか――
堀口　そうです。島崎から聞いたんです。カンナと結婚するって。
あきら　やっぱりそうなんですか？　だから、島崎さんを殴ったんですか？
堀口　そう思ってもらって構いません。じゃ、俺はこれで。
のぞみ　私も一緒に行かせてください。
堀口　あなたにこれ以上、迷惑はかけられません。
のぞみ　迷惑をかけたのは私の方です。せめて、罪滅ぼしをさせてください。
堀口　わかりました。（結子たちに）お邪魔しました。
のぞみ　（結子たちに）行ってきます。

のぞみと堀口が去る。

あきら　バカバカしい。結局、堀口さんも、健太郎のことなんか考えてなかったんじゃない。
耕平　そんなことないよ。
あきら　健太郎を萩原さんに取られたくなかっただけ。萩原さんに負けたくなかっただけなのよ。
耕平　違うよ。堀口さんも萩原さんも、健太郎君を幸せにしたいって思ってる。そのやり方が、たまたま違うだけなんだ。
あきら　確かに今は、健太郎、健太郎って騒いでるよ。でも、面倒臭くなったら、すぐに捨てるんだ。（麻子を示して）その人みたいに。
結子　何回言えばわかるの？　麻子はあなたたちを捨てたわけじゃない。私が行けって言ったのよ。
あきら　本当はホッとしたんじゃないの？　一人になれば、好きなだけ仕事ができるから。
結子　やめなさい、あきら君。
あきら　まあ、別にいいけどね。私だって、自分のことしか考えてないし。
麻子　でも、さっきは、のぞみのために頑張ったじゃない。
あきら　あれは萩原さんに腹が立っただけ。
麻子　あきらはのぞみを助けたかった。健太郎君と堀口さんも助けたかった。だから、萩原さんを止めようとしたのよ。
あきら　違うわよ。
耕平　違わない。あきら君はのぞみちゃんが好きなんだ。健太郎君も堀口さんも好きなんだ。
あきら　私は誰のことも好きじゃない。他人のために、何かしようなんて思わない。それでいいじゃない。誰だって、そうなんだから。

耕平　そんなことはない。僕はあきら君のために、何かしたいって思ってる。先生だって、お母さんだって、同じだよ。

あきら　嘘よ。

耕平　嘘だと思うなら、お母さんに触ってみれば。

あきら　触らなくてもわかるよ。

耕平　(あきらの手をつかんで) ほら、早く。

あきら　痛い。放してよ。

耕平　いい加減、素直になれよ。あきら君はお母さんを許したいんだろう? 本当は、お母さんが大好きなんだろう?

あきら　(耕平の手を振り払って) あんたに何がわかるのよ!

あきらが走り去る。後を追って、麻子と結子が去る。耕平が自分の手を見つめる。反対側へ去る。

18

三月二十七日夜。カンナの家。
健太郎・カンナ・上田部長・馬場がやってくる。

カンナ 今日はありがとうございました。いろいろお世話になっちゃって。
上田部長 僕は何もしてませんよ。よかったな、健太郎君。お母さんと一緒に暮らせることになって。
馬場 遅いですね、部長。
カンナ 遅いって、何が?
馬場 堀口ですよ。そろそろ来てもいい頃でしょう。
カンナ 今夜は来ないいんじゃないかしら。
上田部長 いや、あいつは必ず来ます。あなたに健太郎君を取られて、黙っているような男じゃない。何しろ、島崎の顎の骨を折った男ですからね。

ドアチャイムの音。

馬場　ほら、やっぱり来た。
上田部長　（カンナに）僕も一緒に行きましょうか？
カンナ　大丈夫です、一人で。

カンナが去る。

馬場　部長、カメラの準備、オーケイです。
上田部長　バカ、そんなもの、しまえ。俺たちは取材に来たんじゃない。萩原さんを守りに来たんだ。
馬場　嘘でしょう？　仕事に私情を挟むなって、いつも言ってるくせに。
上田部長　今回だけは特別だ。俺のカンナを悲しませるヤツは、絶対に許さない。
健太郎　俺のカンナ？
上田部長　健太郎君、君とはこれから長い付き合いになるかもしれないよ。よろしくね。

そこへ、カンナが戻ってくる。後から、のぞみと堀口がやってくる。

馬場　あ、来た。（とカメラを構える）
上田部長　待て。写真は撮るな。
馬場　でも、部長。
上田部長　久しぶりですね、堀口さん。桐島まで来るとは思わなかったぞ。

カンナ　（堀口に）わざわざ来てくれて助かったわ。あなたに聞きたいことがあったのよ。
堀口　何だ。
カンナ　どうして島崎さんを殴ったの？　移籍の件は、あなたも認めてたんでしょう？
堀口　島崎に聞いたのか。
カンナ　そうよ。なぜ殴られたのか、いくら聞いても教えてくれなかった。
上田部長　ちょっと待ってください。なぜあなたが島崎さんと話を？　そんなに親しいんですか？
堀口　カンナは島崎と再婚するそうです。
上田部長　何ですって？
馬場　わあ。部長、ショック。
カンナ　（堀口に）やっぱり知ってたのね。だから、殴ったの？　わざわざあの人を呼び出して。
堀口　呼び出したのは島崎の方だ。
カンナ　あの人が？　嘘よ。
堀口　おまえが帰って、しばらくしてから電話があったんだ。話がしたいって。
カンナ　信じられない。黙っててって頼んだのに。
堀口　あいつは健太郎をよこせと言った。俺が健太郎の父親になってやると。
カンナ　そんなことまで言ったの？
堀口　それだけじゃない。俺はもう何度も健太郎に会ってる。話もしてる。うまくやっていけるって。
のぞみ　（カンナに）本当ですか？

カンナ　一度、一緒に食事しただけよ。先月、健太郎と映画に行った後。
健太郎　父さん、黙っててごめんなさい。でも、俺は一言もしゃべってない。
のぞみ　（カンナに）堀口さんの知らないところで、島崎さんに会わせるなんて、卑怯じゃないですか。
カンナ　私はどうしても健太郎と暮らしたかったの。健太郎の父親になってくれる人がほしかったのよ。
のぞみ　あなたは、健太郎君のために再婚しようとしたんですか？
カンナ　私一人じゃ、健太郎を渡してくれないから。
堀口　父親になるヤツがいれば、渡すと思ったのか。
カンナ　あなた一人で育てるよりはマシでしょう？
上田部長　萩原さん、そろそろ本当のことを言ってやったらどうです。
カンナ　本当のことって？
上田部長　堀口さんが暴力を振るったのは、これが初めてじゃないんでしょう？　あなたにも手を上げたはずだ。だから、離婚したんでしょう？
カンナ　いいえ。
上田部長　僕に隠し事はやめてください。部下を平気で殴るような男は、女房も子供も殴ってるに決まってるんだ。うちの親父がいい例です。
健太郎　父さんは母さんを殴ったりなんかしてない。俺がクラスの女子と喧嘩した時だって、三時間も正座させられたんだ。弱い者いじめは最低だって。

上田部長　そうなのか？
カンナ　上田さん、よく考えてみてください。自分で言うのも変ですけど、私が堀口に殴られて、泣き寝入りするような女に見えますか？
馬場　萩原さんは、気が強いことで有名ですもんね。
のぞみ　馬場さん。
上田部長　（カンナに）どうやら、私はいろんなことを誤解していたようだ。もう何も言いません。後はお二人で話し合ってください。
堀口　話すことなんか何もない。（カンナに）健太郎は俺が育てるって決めたんだ。たとえ何があっても。
カンナ　暴力事件を起こしておいて、よくそんなことが言えるわね。あの人が告訴しなかったのは、私が頼んだからなのよ。
堀口　余計なことをするな。
カンナ　あなたのためじゃなくて、健太郎のためよ。父親が逮捕されたりしたら、かわいそうじゃない。
堀口　自分のやったことの責任は、自分で取る。だから、全日鉄を辞めたんだ。
カンナ　責任を取る？　笑わせないでよ。他人の家に健太郎を預けたくせに。
堀口　仕事が見つかったら、すぐに迎えに行くつもりだった。
カンナ　見つかるわけないわ。あなたは名誉も信頼もなくしたんだから。
堀口　だから、オーストラリアへ行くんだ。向こうで一からやり直す。苦労はするかもしれない

カンナ　が、二人で頑張れば何とかなる。
堀口　私は健太郎に苦労なんかさせないわ。
カンナ　おまえは一度、健太郎を捨てた。今さら、元には戻れないんだ。
堀口　あなたは一からやり直すんでしょう？　私には、やり直す権利もないの？
カンナ　これだけ言ってもわからないのか。
堀口　私は健太郎を幸せにしたいだけよ。健太郎にとって、どっちが本当に幸せだと思う？
上田部長　（健太郎に）おまえはどう思う。
堀口　そんな。子供に決めろって言うんですか？
カンナ　（健太郎に）怒らないから、正直に言え。おまえはどっちを選ぶ。
健太郎　ちょっと待ってよ。
のぞみ　（堀口に）ここにいる。
堀口　健太郎君。
健太郎　そうか。わかった。
カンナ　でも、父さんの仕事が見つかったら、一緒にオーストラリアに行くよ。
健太郎　どういうこと？
カンナ　母さん、ごめんね。
健太郎　やっぱり許してくれないのね？
カンナ　そうじゃないよ。
　無理しなくていいのよ。私はあんたを置いていったんだから。

健太郎　でも、迎えに来てくれたじゃないか。一緒に暮らそうって言ってくれたじゃないか。やっぱり、母さんは母さんだよ。

カンナ　健太郎。

健太郎　俺がいなくても、母さんは大丈夫だよ。父さんには何もないから、俺がそばについてないと。

堀口　健太郎。

健太郎　オーストラリアに行くまでは、ずっと母さんのそばにいる。いいでしょう、父さん？

堀口　ああ。

健太郎　（カンナに）行ってからも、ちゃんと手紙を書くよ。電話だってする。母さんも返事を書いてよ。

カンナ　わかった。

上田部長　おい、馬場も桐島も、何、ボーッと突っ立ってるんだ。帰るぞ。

馬場　でも、まだ一枚も撮ってませんよ。

上田部長　だから、写真はいいんだって。

馬場　そんなあ。せっかくの独占スクープなのに。

上田部長　バカ野郎！　俺はスクープがほしくて来たんじゃない。萩原さんを守りに来たんだ。私情に仕事を挟むな。

のぞみ　部長。

上田部長　行くぞ。

のぞみ・上田部長・馬場が去る。

堀口 カンナ。健太郎をしばらく頼む。

カンナ ありがとう。

堀口 （健太郎に）ルール、忘れるなよ。

健太郎 うん。父さん、またね。

堀口が去る。反対側へ、カンナと健太郎が去る。

19

三月二十七日夜。結子の家。
耕平がやってくる。反対側から、麻子と結子がやってくる。

結子　どうだった、あきら君は？
耕平　ダメです。中から鍵をかけて、出てきません。
結子　今日はこれで二回目ね。自分の部屋に閉じこもるのは。
麻子　（耕平に）さっきはちょっとビックリしたわ。あなたがあきらを怒るなんて。
耕平　すいません。
結子　あら、謝ることないわよ。あなたが言ったことは間違ってないんだから。
麻子　（耕平に）でも、あれはどういう意味？　あきらに私を触れって言ったのは。
耕平　どういうふうに説明すればいいか。実は、あきら君には変わった力があるんです。あきら君は、相手の考えてることが知りたい時、その人の体に触るんですよ。
麻子　どうして？

そこへ、のぞみがやってくる。

のぞみ　ただいま。
結子　お帰りなさい。心配してたのよ、何も連絡してくれないから。
のぞみ　あれ？　あきらは？
結子　天の岩戸にお隠れになってる。
のぞみ　自分の部屋に閉じこもってるってこと？
結子　そういうこと。まあ、天照大神ほどの美人じゃないけどね。

そこへ、あきらがやってくる。

あきら　どうせ私は美人じゃないよ。
結子　あら、お出ましになったわ。
あきら　お姉ちゃん、健太郎はどうなった？
のぞみ　堀口さんと一緒にオーストラリアへ行くって。
あきら　お姉ちゃんは？　一緒に連れてってくださいって頼んだ？
のぞみ　まさか。
あきら　どうして？　堀口さんのことが好きなんじゃないの？
のぞみ　もういいんだ。二人が一緒に暮らせるってわかったから、それで充分。

結子　それじゃ、健太郎は堀口さんのお家に帰ったの？
のぞみ　ううん。オーストラリアに行くまでは、萩原さんと暮らすって。
あきら　なんでよ。
耕平　健太郎君は、お母さんを許したんだよ。やっぱり、誰かさんより大人だな。
あきら　いちいちうるさいなあ。萩原さんは一年で迎えに来たじゃない。十五年も来なかった人と一緒にしないでよ。
結子　あきら君、もうやめて。麻子を責めるなら、私を責めて。
あきら　なんで伯母さんを責めなくちゃいけないのよ。
結子　昼間言ったでしょう？　麻子をアメリカに行かせたのは私なのよ。
あきら　その話はもういいよ。
結子　よくない。だって、麻子は行きたくないって言ったんだから。あなたたちを残して、行くわけにはいかないって。でも、私は無理やり行かせた。子供たちは私が育てるから、心配しないでって。
あきら　そう言われて、大喜びで飛行機に乗ったわけだ。
結子　麻子は知ってたのよ。私がどんなに子供をほしがってたか。麻子は私のためにアメリカに行ったの。
麻子　違うわ、姉さん。私は仕事に逃げようとしただけよ。
結子　アメリカなんて、飛行機ですぐよ。あんたたちを連れていこうと思えば、いつでも行けた。でも、怖かったの。麻子の所に残るって言われたらどうしようって。

麻子　姉さん、私を庇うのはやめて。姉さんがこの子たちを連れてくる前に、私が帰ればよかったんだから。

結子　でも、あんたには仕事が――

麻子　仕事なんて、全部、言い訳。本当は怖かったのよ。この子たちに会うのが。

のぞみ　どうしてよ。

麻子　だって、なんて謝ればいいのよ。いくら謝っても、許してもらえるわけない。それがわかってるのに、何を言えばいいのよ。だから、私は勝手に決めつけた。私には、あんたたちに会う資格なんかないって。あんたたちも、私に会いたくなんかないって。

のぞみ　あきらは会いたがってたよ。少なくとも、小学校に入るまでは。

あきら　そんなことないよ。

のぞみ　(麻子に) まだ小さかったからね。母親が自分より仕事を選ぶなんて、理解できなかったんだ。だから、あんたがアメリカに行く前に頼んだんだよ。あきらも一緒に連れてってって。

麻子　覚えてたの?

のぞみ　私は小学六年だったんだよ。お父さんが死んだ後、あんたがボロボロになったのも覚えてるよ。

麻子　私が、一緒に行こうって言ったことも?

のぞみ　それが本気じゃなかったってことも。

麻子　いいえ、私は本気だった。

のぞみ　そうだとしても、無理に決まってた。子供を二人も抱えて、仕事なんかできる?　だから、

あきら　私は行きたくなかったんだ。邪魔になりたくなかったから。でも、あきらだけは連れてってほしかった。

のぞみ　どうして話してくれなかったの？

麻子　言えるわけないじゃない。頼んだのに断られたなんて。

のぞみ　ごめんなさい。私は、私の方が断られたと思ったのよ。あんたが行きたくないって言ったから。

麻子　何よ。私が悪いって言いたいわけ？

のぞみ　そうじゃない。私はここから逃げたかったのよ。ここにいると、あの人のことばかり浮かんでくるから。あんたに断られて、やっぱりアリメカに行くのは諦めようと思った。その時、姉さんがあんたたちを預かるって言ってくれたのよ。

麻子　でも、行くって決めたのはあんたよ。

のぞみ　そうよ。結局、私は仕事を選んだのよ。でもね、あの時の私には、そんなふうにしか生きられなかったの。あんたたちにどんなに憎まれても、仕方ないのよ。だから、帰るのが怖かった。でも、義兄さんが亡くなって、のぞみの手紙を読んで、やっと覚悟ができたの。たとえあんたたちに何を言われても構わない。口をきいてもらえなくても構わない。それでも、あんたたちに会いに行こうって。会って、ちゃんと謝ろうって。

麻子　言ったでしょう？　私は絶対に許さないって。

のぞみ　いいのよ、それで。あんたたちに会えただけで、私は幸せなんだから。

のぞみが走り去る。

結子　のぞみちゃん！
麻子　いいのよ、姉さん。
結子　でも。
麻子　のぞみは私の話を聞いてくれた。それだけで十分なのよ。
耕平　のぞみちゃんも本当はうれしいんじゃないかな。お母さんの気持ちが聞けて。あきら君だって、そうだよね？
あきら　……。
耕平　本当はわかってるんだろう？　どうして読めなくなったのか。

あきらが走り去る。

麻子　耕平君。読めなくなったって、何のこと？
耕平　さっき、あきら君には変わった力があるって言ったでしょう？　相手の気持ちが知りたい時は、その人の体に触るって。
結子　（麻子に）触るとわかるのよ。その人が何を考えてるのか。
耕平　先生、知ってたんですか？
結子　ずっと一緒に暮らしてきたからね。

耕平　気づかなかったのは僕だけですか。
結子　きっと淋しかったんだわ。あきら君があの力を持つようになったのは、麻子がいなくなってすぐだから。
耕平　お母さんが帰ってきたら、急に読めなくなったんです。
結子　そうなの？
耕平　（麻子に）心の底では、とっくに許してるんですよ。
結子　そうだ。麻子、あの子たちの昔の写真を見ない？　耕平君、取ってきて。
耕平　わかりました。

耕平が去る。

麻子　ごめんね、姉さん。ずっと迷惑をかけて。
結子　迷惑なんかじゃない。私はあんたに感謝してるのよ。あの子たちを育てさせてくれて。
麻子　みっともないよね、私。言い訳なんかしたくなかったのに。
結子　のぞみちゃんもあきら君も、きっとわかってくれるわよ。あんたが必死で生きてきたことを。それでいいじゃない。

耕平が戻ってくる。手にはアルバム。

耕平　お待たせしました。(とアルバムを差し出す)
麻子　(受け取って、開き) これ、あきらの入学式ね？　あの子、学校で行方不明になったんでしょう？
結子　どうして知ってるの？
麻子　姉さんが手紙に書いてくれたんじゃない。のぞみが見つけて、連れて帰ってきたって。
結子　そうだったかしら。よく覚えてるわね。
麻子　何度も何度も読んだから。私はあの子たちに会えなかった。話もできなかった。でも、手紙を読めば、あの子たちの姿が見えるような気がして。(と麻子が顔を伏せる)
結子　麻子。
麻子　私はあの子たちが好きなの。大好きなのよ。
結子　わかってる。わかってるわよ。
耕平　先生。(とハンカチを差し出す)
結子　(受け取って) ありがとう。ほら、麻子、この写真を見て。これはあなたには送ってなかったでしょう？　のぞみちゃんが中学一年の時、臨海学校に行った時の写真よ。(とハンカチを差し出す)
麻子　(受け取って) ありがとう。ありがとう、姉さん。

結子が説明する。麻子が笑う。耕平も笑う。やがて、三人が去る。

20

三月三十一日朝。成田空港。
堀口・健太郎・上田部長・馬場がやってくる。

上田部長 馬場、桐島たちはどうした？
馬場 あれ？ さっきまで後ろにいたんですけど。
上田部長 イヤだなあ、迷子になっちゃったぞ。俺、空港は苦手なんだ。おまえ、出発ロビーはどっちかわかるか？
馬場 部長にわからないものが、俺にわかるわけないでしょう。
上田部長 堀口さんは、海外遠征でしょっちゅう来てますよね？
堀口 出発ロビーはここですよ。待ってれば、そのうち来るでしょう。
上田部長 助かった。堀口さんについていけば、東京まで帰れるぞ。
堀口 上田さん、あの時はありがとうございました。
上田部長 何のことですか？
堀口 俺たちのこと、記事にしなかったじゃないですか。

上田部長　その話はやめましょう。思い出すと、胸がチクチク痛むんです。
馬場　失恋の痛みですね?
上田部長　おまえは帰れ。今、すぐに。

そこへ、のぞみ・あきら・麻子・結子・耕平がやってくる。耕平はトランクを持っている。

麻子　お忙しいのに無理を言って、すみませんでした。
上田部長　いや、いい気晴らしになりましたよ。僕は空港が大好きなんです。
麻子　これからも、のぞみをよろしくお願いします。
上田部長　任せてください。でも、本当にもう帰らなくちゃいけないんですか?　まだ一週間しか経ってないのに。
麻子　次の映画の撮影が始まりますから。
耕平　堀口さんたちを呼んだのもお母さんですか?
麻子　そうよ。もう一度、健太郎君に会いたいって、ワガママを言ったの。
耕平　本当はのぞみちゃんのためでしょう?
結子　堀口さんは、いつオーストラリアに行くんですか?
健太郎　(堀口に)行かなくなったんだよね?
堀口　東京で仕事を見つけたんです。知り合いの、ラグビー用品を扱ってる会社なんですが。
結子　(健太郎に)よかったわね。いつでもお母さんに会えるじゃない。

麻子　それじゃ、そろそろ行くわ。
あきら　気をつけてね、お母さん。
麻子　あきら。
あきら　何よ。私は、気をつけてって言っただけよ。
麻子　ありがとう、あきら。あんたも元気でね。
結子　のぞみちゃん、あなたも何か言ってあげなさい。
麻子　（のぞみに）元気でね。
のぞみ　（頷く）
結子　もう、意地を張っちゃって。
麻子　姉さん、やっぱり帰ってきてよかったわ。また来るからね。
結子　今度は私たちが行くわよ。のぞみちゃんとあきら君と一緒に。
耕平　僕は？
あきら　あんたは留守番よ。
上田部長　僕は？　にらむことないでしょう。冗談ですよ。
健太郎　（麻子に）おばさん、またね。
麻子　またね。

耕平が麻子にトランクを渡す。麻子が去る。

結子　行っちゃったわね。
あきら　またすぐに会えるよ。会いたくなったら、自分から行けばいいんだし。
結子　そうよね。
健太郎　（あきらに）ねえねえ。さっき、おばさんのこと、お母さんって呼んでなかった？
あきら　え？　呼んでないよ。
健太郎　かわいくないなあ。素直に認めろよ、あきら。
堀口　健太郎、おまえ、また大人を呼び捨てにしたな？
健太郎　あきらはいいんだよ。呼び捨てにしていいって、あきらが言ったんだから。（あきらに）そうだよね？
あきら　え？　言ってないよ。
健太郎　あきらさん。
上田部長　皆さん、記念に写真でも撮りませんか？
耕平　いいですね。よし、みんな、並んで。
上田部長　あれ？　馬場、カメラは？
馬場　すいません。今日は持ってきませんでした。
上田部長　おまえというヤツは最後まで。
結子　（前方を指差して）あ、飛行機が動き出した。
健太郎　父さん、ロサンジェルスまで、何時間かかるの？
堀口　そうだな。十時間ぐらいじゃないか。

あきら　そんなにかかるの？　仕方ない、私が行く時は、耕平も連れていこう。
耕平　え？　僕も一緒に行っていいの？
あきら　そのかわり、ずっとしゃべってて。私が退屈しないように。
結子　あっという間だったわね、この一週間。
耕平　本当に。じゃ、そろそろ帰りましょうか。

七人が歩き出す。が、のぞみは動かない。

あきら　お姉ちゃん、行こう。
のぞみ　忘れてた。
あきら　え？
のぞみ　一番言いたかったこと。あの人に。
あきら　何？
のぞみ　お帰りなさい、お母さん。

のぞみの背後で、満開の桜が咲いている。やっと四月になったのだ。

〈幕〉

あなたが地球にいた頃

WHEN YOU STAYED ON THE EARTH

登場人物

藤田瑞恵　（ＯＬ）
青木可南子（瑞恵の妹）
祐介　　　（瑞恵の夫・画家）
さくら　　（瑞恵の娘・六歳）
黒田　　　（編集者）
美佐子　　（イラストレーター）
東郷課長　（黒田の上司）
速水社長　（瑞恵の上司）
川合　　　（瑞恵の同僚）
横山　　　（瑞恵の部下）
富岡　　　（瑞恵の部下）
岸田さん　（瑞恵の家の大家さん）

1

たくさんのイーゼルが立っている。それぞれのイーゼルに向かって、たくさんの人々が絵を描いている。力強く筆を動かす者。静かに絵の具を重ねる者。やがて、一人が手を止める。自分のキャンバスの下から画用紙を取り出し、見つめる。そして——

さくら

覚えてますか、この絵のこと。この絵を私にくれた日のこと。私はまだ六歳で、幼稚園を卒園したばかり。庭の桜は蕾をいっぱいに膨らませて、今にも咲き出しそうだった。その桜の木の下で、あなたが見せてくれたスケッチブック。六歳の私には大きすぎて、一人で表紙をめくることもできなかった。あなたは照れ臭そうに笑いながら、「よいしょ」ってめくってくれた。そして、私は出会ったのです。この絵と。私は一目で気に入りました。だって、私が描いてあったから。六歳の、笑顔の私が。私はすぐに「ちょうだい」と言った。でも、あなたはなかなか「うん」と言わなかった。意地になった私は、わざと泣き声を出した。嘘泣きだって、気づいてたんでしょう？　でも、あなたは「わかった。あげるわ」と言った。そして、そのページをビリリと破いた。その音がやけに大きく響いて、私はひどく驚いたのです。そして、ひどく後悔したのです。嘘泣きをしたことを。

人々が手を止める。そして、また描き始める。

さくら　父はこの絵を額に入れて、私の部屋に飾ってくれました。部屋に帰ってくるたびに、この絵は私に笑いかけてくれました。どんなに悲しいことがあった日も。先生に叱られた日。友達と喧嘩した日。この絵を見れば、不思議と元気が出た。だから、結婚して家を出る時も、この絵を一緒に持っていこう。そう、心に決めていた。いよいよ明日がその日です。荷物の整理もようやく終わって、残ったのはこの絵だけ。壁から外すと、古くなった額がギシギシ鳴った。新しいのに買い換えようと思って、この絵を額から出した時。私は気づいたのです。絵の裏に文字が書いてあることに。鉛筆で小さく書いてある文字。それは日付でした。どうしてもらった時に気づかなかったのか。気づいていれば、「ちょうだい」なんて言わなかったのに。嘘泣きなんてしなかったのに。私はもう一度、あなたに会いたい。私が六歳だった頃。この絵を私にくれた日のあなたに。

一人が手を止める。そして、さくらに近づく。

瑞恵　さくら！　よかった、間に合った。
さくら　ママ、遅い。
瑞恵　あれ、さくら一人？　パパは？

さくら　電話しに行った。
瑞恵　もしかして、ママの会社に？　全く心配性なんだから。
さくら　ママが遅刻するからよ。十五分も。
瑞恵　今日はメチャクチャ忙しかったの。三月に入ったら、急に結婚式が増えてきちゃって。
さくら　言い訳ですか。
瑞恵　可南ちゃんの電車はまだ着いてないでしょう？　だから、今日はギリギリセーフ。
さくら　そんなに忙しいなら、来なくてもよかったのに。お迎えだったら、さくらとパパでできるよ。
瑞恵　そういうわけにには行かないわ。可南ちゃんはママの妹なんだから。
さくら　可南ちゃん、お家に何しに来るの？
瑞恵　会いに来るのよ、私たちに。
さくら　会って、何をするの？
瑞恵　お話をしたり、ご飯を食べたり。あとは東京見物かな。可南ちゃんは二十年も病院にいたでしょう？　だから、東京へ来るのは、生まれて初めてなの。
さくら　じゃ、遊園地に行こう。
瑞恵　残念だけど、遊園地はダメ。
さくら　どうして？
瑞恵　ジェットコースターとかコーヒーカップとか、ああいうのに乗ると、目が回るじゃない。可南ちゃんは病気が治ったばっかりだから、静かにしてなくちゃいけないの。

さくら　じゃ、どこに行くの？
瑞恵　動物園はどう？　可南ちゃんは一度も行ったことがないのよ。さくらも動物園は大好きでしょう？
さくら　あそこは子供が行く所だから。
瑞恵　あんただって、子供じゃない。

一人が手を止める。そして、瑞恵に近づく。

祐介　なんだ、やっぱり来てたのか。
瑞恵　ごめんね、祐ちゃん。会社に電話してきたんでしょう？
祐介　横山さんが電話をくれたって。急いで相談したいことがあるって言ってた。
瑞恵　わかった。（時計を見て）そろそろ着くわね、可南子の電車。
さくら　ねえ、パパ。明日、可南ちゃんと遊園地に行ってもいい？
瑞恵　遊園地はダメって言ったでしょう？
さくら　じゃ、ゲーセン。
瑞恵　ダメダメダメ。あんなうるさい所へ行ったら、可南ちゃん、目を回して倒れちゃうわよ。とにかく、明日はどこへも行っちゃダメ。
祐介　長野からだと、二時間はかかるもんな。可南ちゃんにとっては、立派な旅行だ。遊びに行くのは、二、三日経ってからにしよう。

さくら　つまんないの。
祐介　さくら。可南ちゃんは普通の体じゃないんだぞ。
さくら　わかってるよ。可南ちゃんは病気が治ったばっかりだから、静かにしてなくちゃいけないんでしょう？
祐介　じゃ、さくらは？
さくら　さくらも静かにしてる。
祐介　そうだ。いつもみたいに家の中を走り回ったり、プロレスをやったりしちゃいけないんだ。わかったね？
さくら　プロレスをやりたがるのは、パパの方じゃない。

そこへ、可南子がやってくる。大きなスケッチブックを持っている。

可南子　お姉ちゃん！
瑞恵　可南子！　大丈夫？　疲れてない？
可南子　全然。お義兄さん、お久しぶりです。
祐介　久しぶり。すっかり元気になったみたいだね。
可南子　自分でもビックリするぐらいです。食欲もすごいし。電車の中で駅弁を食べたんだけど、もうおなかが空いてきちゃった。
祐介　夕食の支度、しておいたよ。口に合うかどうか、わからないけど。

瑞恵　その前に、今朝の電話は何？　いきなり、「今日、行ってもいい？」なんて。

可南子　迷惑だった？

瑞恵　そうは言わないけど、こっちにも準備ってものがあるのよ。前もってわかってれば、休みを取ったのに。

可南子　私、お姉ちゃんの邪魔はしたくない。

瑞恵　何、水臭いこと言ってるのよ。あんたは私の妹なのよ。

祐介　何日か、泊まっていけるんだろう？

可南子　できれば、そうさせてほしいんですけど。

祐介　こっちは大歓迎さ。一週間でも二週間でも、好きなだけいればいい。ただし、部屋はさくらと一緒だよ。

可南子　そう言えば、まださくらちゃんに挨拶してなかった。さくらちゃん、こんにちは。

祐介　さくら、ご挨拶は？

さくら　はじめまして。

可南子　はじめまして。でも、いつも写真で見てるから、あんまり「はじめまして」って感じがしないわね。

さくら　私は「はじめまして」って感じがする。

瑞恵　嘘よ。さくらだって、可南ちゃんの写真は見てるじゃない。

さくら　でも、何だか違う人みたい。

祐介　写真に写ってるのは、病気が治る前の可南ちゃんだからな。今は顔色もよくなったし、表

情も明るくなった。

瑞恵　二時間も電車に乗ってきたのに、ちっとも疲れた顔してないわね。

可南子　だって、楽しかったんだもの。一人で電車に乗ったの、生まれて初めてだったから。

さくら　本当?

可南子　本当よ。車掌さんに切符を見せたのも初めて。隣の席の人に話しかけられたのも初めて。電車に乗ってる間中、胸がドキドキしっぱなし。今もよ。

瑞恵　よかったわね、元気になって。

可南子　こうしてお姉ちゃんに会いに来られるなんて、思ってもいなかった。

瑞恵　来週の火曜まで我慢して。可南子の行きたい所へ連れてってあげるから。

さくら　でも、遊園地はダメよ。

瑞恵　そういうこと。さあ、行きましょう。

瑞恵・祐介・可南子が歩き出す。

さくら　可南ちゃん。

可南子　(立ち止まって)何?

さくら　病気が治ったら、一番最初に何をしようと思ってた?　やっぱり、東京に来ること?

可南子　さくらちゃん、秘密は守れる?

さくら　守れる守れる。だから、教えて。

可南子

絵を描くことよ。自分の絵を、自分の力で。

人々が手を止める。そして、また描き始める。瑞恵・祐介・さくらも描き始める。そして、可南子も描き始める。

2

横山がやってくる。両手にバッグを持っている。立ち止まり、周囲を見回す。

横山　長い間、お世話になりました。（と頭を下げる）

横山が歩き出す。と、目の前に瑞恵が飛び出す。袋を持っている。

瑞恵　ただいま帰りました。あれ、横山さん、出かけるの？

横山　ええ、ちょっと。

瑞恵　すぐに戻ってくる？　お昼、一緒に食べに行かない？

横山　悪いけど、行けません。なぜなら、私は二度と戻ってこないから。

瑞恵　それって、どういうこと？

横山　長い間、お世話になりました。私、今日限りで辞めさせてもらいます。

瑞恵　また？

横山　またとはなんですか、またとは。

瑞恵　だって、横山さん、先月も先々月も、同じこと言ったじゃない。
横山　今度という今度は本気です。止めても無駄ですからね。
瑞恵　社長には言った？
横山　言っても、相手にしてもらえませんから。机の上に辞表を置いておきました。
瑞恵　でも、留守の間に辞めるっていうのはどうかな。
横山　社長だって、私の気持ちはとっくにわかってるはずです。
瑞恵　それはそうかもしれないけど。（袋から箱を出して）ごめん、先に仕事の話をしてもいい？　例の花嫁さんの靴、やっと見つかったんだ。
横山　二十七センチのヤツですか？
瑞恵　（箱から靴を出して）ジャーン！　さあ、誰から借りてきたでしょう？
横山　借りたんですか？　作ったんじゃなくて？
瑞恵　知り合いの知り合いに、持ってる人がいたのよ。男なんだけど。
横山　げ。おかま？
瑞恵　花嫁さんには内緒ね。（と箱に靴を入れて）でも、何とか仮縫いに間に合ってよかった。ドレスの方は進んでるの？
横山　川合さん、電話しても出ないんです。また徹夜したんじゃないかな。
瑞恵　もう一度電話して、起こした方がいいんじゃない？　じゃ、お昼は出前にしちゃおう。私がおごるから、何でも好きな物食べて。
横山　そうやって、ズルズルといさせるつもりなんでしょう？　その手には乗りませんよ。

瑞恵　そんなこと言わずに、考え直してよ。今、横山さんがいなくなったら、うちの会社はどうなるの？

横山　人間には限界っていうものがあるんです。うちの忙しさは、限界を越えてます。家へ帰ったら、お風呂に入って、寝るだけ。自分の時間が全くないんです。

瑞恵　それは私も同じよ。でも、辞めたいとは思わない。この仕事が好きだから。

横山　藤田さんはプランナーじゃないですか。自分の企画した結婚式がうまく行けば、疲れなんか吹き飛ぶでしょう。でも、私がやってるのは、ただの雑用です。

瑞恵　横山さんだって、そのうち、プランナーになれるわよ。

横山　もう二年も待ちました。これ以上、我慢できません。

そこへ、速水社長がやってくる。後から、富岡もやってくる。

速水社長　ただいま、諸君。

瑞恵　お帰りなさい。

横山　社長、お話があるんですけど。

速水社長　偶然だな。俺も諸君に話があるんだ。すばらしくいい話が。

瑞恵　わあ、何だろう。聞きたいよね、横山さん？

横山　別にいいです。私には関係ないことですから。

速水社長　それは違うぞ。これは、特に横山君に関係ある話なんだ。

瑞恵　本当ですか？　だったら、早く聞かせてあげてください。
速水社長　実は、諸君に紹介したい人間を連れてきたんだ。ほらほら、自己紹介。
富岡　諸君を助けるためにやってきた、スーパーアルバイトだ。
速水社長　バカ。それは俺の科白だろう。君は名前を言うだけでいいの。
富岡　すいません。
速水社長　せっかく外で練習してきたのに。君、もしかして、本番に弱いタイプ？
富岡　ええ。すぐに緊張しちゃうんです。
速水社長　仕方ない。入ってくるところからやり直しだ。さあ。（と行こうとする）
瑞恵　もういいですよ。要するに、アルバイトの人なんでしょう？
速水社長　そうだ。横山君、彼を君に進呈する。好きに使ってくれ。
横山　いきなりそんなこと言われても。
速水社長　あれ、うれしくないの？
瑞恵　よかったじゃない、横山さん。これで、少しは楽になるんじゃない？
横山　でも、バイト君が一人、入ったぐらいじゃ。
速水社長　彼をただのバイト君だと思ったら、大間違いだぞ。うちがいつもお世話になっている、聖セシリア教会の牧師さん。あの人の息子なんだ。大学生のくせに遊んでばかりいるから、根性を鍛え直してくれ。そう頼まれて、預かったってわけさ。だから、遠慮しないでコキ使えるんだ。
富岡　でも、給料はいただけるんですよね？

速水社長　うちの会社は能力給なんだ。君に能力があれば、当然払う。なければ、払わない。ほらほら、自己紹介。
富岡　今日からこちらでアルバイトをすることになりました——
横山　でも、社長。大学生じゃ、昼間は来られないじゃないですか。
富岡　それは大丈夫です。今度四年生なんで、大学へは週に一度行けばいいんです。
横山　バイトの経験は？
富岡　いっぱいあります。プールの監視員とか、スキーのコーチとか。
速水社長　肉体労働なら、何でも来いだ。荷物持ちでも使いっ走りでも、どんどんやらせてくれ。ところで、横山君。俺に何か話があるんじゃなかったっけ？
瑞恵　あれはもういいんです。
横山　いいえ、聞いていただきます。
速水社長　何だ。遠慮しないで、何でも言ってくれ。
横山　じゃ、遠慮しないで言います。
瑞恵　横山さんをプランナーにしてください。
横山　藤田さん。
瑞恵　バイト君も入ったことだし、いい機会だと思うんです。
速水社長　しかし、横山君がプランナーになったら、式場の手配や印刷物の校正は誰がやるんだ。いきなり彼には無理だろう。
瑞恵　私がフォローしますよ。横山さんが入社した時みたいに。

速水社長　それじゃ、今度は藤田君の負担が重くなる。
瑞恵　私の仕事は横山さんにフォローしてもらいます。
速水社長　なるほどな。しかし、彼がうちにいられるのは、来年の三月までなんだぞ。
瑞恵　それまでに、次の人を探せばいいじゃないですか。プランナーが二人になれば、仕事の数も増やせます。会社を大きくするチャンスですよ。
速水社長　問題は、彼がすぐに仕事を覚えるかどうかだ。覚えるまでは、諸君が苦労することになる。
瑞恵　やれるよね、横山さん？
横山　……。
瑞恵　お願い。一緒にやろう。
横山　（速水社長に）やらせてください。
速水社長　よし、いいだろう。（富岡に）そういうわけで、君には頭脳労働もやってもらうことになったから。
富岡　意外な展開ですね。

そこへ、川合がやってくる。大きな袋を持っている。

川合　ごめんね、遅くなっちゃって。
瑞恵　できたの、例の花嫁さんのドレス？
川合　（袋からドレスを出して）ジャーン！　サイズが大きいから、時間も倍かかっちゃった。

速水社長　ご苦労だったな、川合君。君のいない間に、人事異動があったぞ。
横山　私、プランナーになったんです。
川合　本当に？　よかったじゃない。おめでとう。
速水社長　そして、横山君のポジションには彼が入った。ほらほら、自己紹介。
富岡　今日からこちらでアルバイトをすることになりました——
川合　そうそう、瑞恵さん。お客さんが来てるよ。
瑞恵　誰？
川合　ドアの前でウロウロしてたの。なんて言って入ればいいのか、わからなかったんだって。
（奥に向かって）可南子さん！

そこへ、可南子がやってくる。

瑞恵　可南子。
可南子　ごめんね、仕事中に。
瑞恵　（速水社長に）すいません、妹です。（可南子に）こんな所へ、何しに来たの？
可南子　お姉ちゃんの職場を見てみたくて。
瑞恵　今日は家でゆっくり休みなさいって言ったのに。祐ちゃんは？
可南子　お義兄さんは今日は学校。
瑞恵　そうか。じゃ、あんた一人で来たの？

川合　とりあえず、座って話したら？　僕、コーヒーをいれてくるから。
瑞恵　気を遣わないで。すぐに帰らせるから。
川合　でも、少し休んでいった方がいいんじゃない？　妹さん、退院したばっかりなんでしょう？
速水社長　そうか、この子が可南子さんか。はじめまして、社長の速水です。病気が治って、本当によかったですね。
可南子　ありがとうございます。
富岡　失礼ですけど、何の病気だったんですか？
横山　本当に失礼ね。大学生にもなって、聞いていいことと悪いことがわからないの？
可南子　聞かれて困るような病気じゃないですよ。ただの結核です。
富岡　結核って、今でもあるんですか？
可南子　昔と違って、死ぬ人は少なくなりました。でも、発見が遅れると、そう簡単には治らないんです。私なんか、二十年もかかっちゃって。
富岡　二十年も入院してたんですか？
可南子　でも、今はすっかり元気です。
瑞恵　可南子、悪いけど、今、忙しいんだ。祐ちゃんに電話して、迎えに来てもらうから、それまで隣の喫茶店で待ってて。
可南子　私、一人で帰れるよ。
瑞恵　途中で倒れたら、どうするのよ。

可南子　無理はしない。疲れたら、立ち止まって、休む。
瑞恵　余計な心配はしたくないの。
可南子　本当に大丈夫よ。私だって、もう子供じゃないんだから。
瑞恵　だったら、どうしていきなり来たのよ。私の職場が見たいなら、昨日、そう言えばいいじゃない。私にも都合があるってこと、わからないの?
可南子　ごめんなさい。
瑞恵　とにかく、電話してくるから。
速水社長　藤田君。可南子さんは、俺が車で送ろう。午後から外回りに行く予定だったんだ。
川合　それがいい、それがいい。旦那さんだって、わざわざ迎えに来るのは大変だし、社長はどうせ暇なんだし。
富岡　暇なんですか?
速水社長　バカ。俺は外を回って、人脈を広げるのが仕事なんだ。いいな、藤田君?
瑞恵　よろしくお願いします。
速水社長　(可南子に)じゃ、行きましょうか。
可南子　お姉ちゃん、ごめんね。
瑞恵　いいから、早く行きなさい。

速水社長と可南子が去る。

川合　さてと、まずは腹ごしらえね。バイト君、荷物を運んでくれる？
富岡　僕の名前はバイト君じゃありません。僕の名前は——

川合と富岡が去る。

瑞恵　そうだ。横山さん、辞表を捨てなくちゃ。
横山　藤田さん、預かっててください。
瑞恵　何よ。まだ辞めるつもりなの？
横山　あのバイト君、使えるかどうかわかりませんから。

横山が去る。後を追って、瑞恵も去る。

3

さくらがやってくる。

さくら　その日、幼稚園から帰ってくると、あなたの姿はありませんでした。父が一人で絵を描いていました。「可南ちゃんは?」と聞くと、「ママの会社へ行ったみたいだ。キッチンに置き手紙があった」。正直言って、ガッカリしました。あなたと話がしたくて、走って帰ってきたのに。そんな私の顔を見て、父は言ったのです。「可南ちゃんは一人でお留守番をしてて、淋しくなったんだよ。それで、ママに会いに行ったんだ」。

そこへ、岸田さんがやってくる。大きな袋を持っている。

岸田さん　さくらちゃん、三日も会えなくて、淋しかったよ。

さくら　あ、大家さんだ。また窓から入ってきたの?

岸田さん　パパとママには内緒だよ。ところで、もう夕御飯は食べた?

さくら　まだ。ママと可南ちゃんが帰ってきてないから。

岸田さん　可南ちゃんて、誰？
さくら　ママの妹。私から見ると叔母さんだけど、ママは叔母さんて呼んじゃダメだって。
岸田さん　まだ若いからだよ。確か、二十六だったかな。
さくら　なんだ。大家さん、知ってるの？
岸田さん　前に話を聞いたことがある。で、可南ちゃんて、どんな人？　さくらちゃんと比べたら、どっちが美人？
さくら　言えないよ。
岸田さん　さては、自分の方が美人だと思ってるな？
さくら　思ってないよ。でも、さくらはまだ子供だから、勝負はこれからさ。
岸田さん　いや、さくらちゃんは今のままでも十分に美人だよ。竹下通りへ行ったら、スカウトが蟻のように群らがってくるだろう。
さくら　そこまで言うと、嘘っぽいよ。

そこへ、祐介がやってくる。エプロンをしている。

祐介　岸田さん、こんばんは。
岸田さん　お邪魔してます。夕御飯、まだだそうですね？
祐介　ええ。でも、岸田さんの分はありませんよ。さくら、岸田さんはどこから入ってきた？
さくら　窓。

岸田さん 内緒だって言ったのに。（祐介に）鍵が開いてたから、締めようと思ったんですよ。泥棒に入られたら、困るでしょう？

祐介 お心遣いは感謝しますけど、たまには玄関から入ってください。

岸田さん それだと、遠回りになるんですよ。今日は一刻も早く、さくらちゃんに会いたかったから。

さくら どうして？

岸田さん 実は、お土産を持ってきたんだ。ほら。（と袋を差し出す）

さくら （受け取って）ありがとう。

祐介 そう言えば、ここ二、三日、姿を見せませんでしたね。また出張だったんですか？

さくら 今度はどこに行ってきたの？

岸田さん 中身を見れば、わかるよ。さあ、開けてごらん。

さくら （袋を開けて）木でできた熊さん。ということは、北海道だ。

祐介 いつもすいません。さくらも、もう一度、お礼を言って。

さくら いつもすいません。

岸田さん 他人行儀はやめようよ。僕は君の許嫁なんだから。

祐介 いつ、誰が、そんなことを決めたんですか？

岸田さん 今、僕が決めたんですよ、パパ。

祐介 パパって呼ぶのはやめてください。前から気になってたんですけど、岸田さんて、どんなお仕事をなさってるんですか？　月に一度は必ず出張しますよね？

岸田さん まあ、いいじゃないですか。

さくら　絶対に教えてくれないね。もしかして、スパイ？
祐介　こんな間抜けなスパイ、いるわけないだろう。
岸田さん　今、何か心に引っかかる一言が。

そこへ、瑞恵がやってくる。

瑞恵　ただいま。あら、岸田さん、いらっしゃい。
岸田さん　お邪魔してます。
さくら　大家さんにお土産をもらったよ。ほら。（と熊を差し出す）
瑞恵　よかったわね。（岸田さんに）いつもすいません。
祐介　あれ、可南ちゃんは？
瑞恵　え？　まだ帰ってないの？
祐介　瑞恵と一緒だと思ってた。可南ちゃん、会社へ行ったんだろう？
瑞恵　昼前に来たけど、すぐに帰らせた。社長が車で送るって言ってくれて。
祐介　おかしいな。俺は四時間目が終わって、真っ直ぐ帰ってきたけど、可南ちゃんはいなかった。
瑞恵　（時計を見て）いやだ、もうこんな時間？
祐介　速水さんは会社に戻ってきた？
瑞恵　わからない。私は午後から外へ出ちゃったから。

祐介　じゃ、取りあえず、速水さんに電話してみたら？
瑞恵　そうね、そうするわ。（と歩き出す）

そこへ、可南子がやってくる。

可南子　ただいま帰りました。
さくら　お帰りなさい。
祐介　お帰り。今、可南ちゃんの話をしてたところなんだ。
瑞恵　こんな時間まで、どこへ行ってたの？
可南子　社長さんが外回りに付き合わせてくれたの。一人で家にいても、つまらないだろうって。渋谷へ行って、自由が丘へ行って、最後は横浜の中華街で北京ダックをご馳走になっちゃった。
岸田さん　いいですね、北京ダック。皮のパリパリした感じが堪らないんだな。
可南子　あの、どちら様ですか？
岸田さん　申し遅れました。隣の家の、岸田です。
可南子　大家さんですね？　いつも姉がお世話になってます。
岸田さん　いやいや。藤田さんご一家とは、もう親戚みたいなもんですから。だから、僕も「可南ちゃん」て呼んでいいですか？
可南子　もちろんです。

瑞恵　じゃ、夕御飯は食べてきたのね？
可南子　ごめんなさい。（祐介に）私の分も作っちゃったんでしょう？
祐介　気にしなくていいよ。でも、明日からはちゃんと電話してほしいな。
可南子　お姉ちゃんの携帯には、何度かかけたの。でも、なかなか繋がらなくて。
瑞恵　だったら、ここにかければよかったじゃない。
可南子　まずはお姉ちゃんにって思ったの。
瑞恵　私は真っ直ぐ家へ帰れって言ったはずよ。どうして言われた通りにできないの？
祐介　まあまあ、無事に帰ってきたんだから、もういいじゃないか。
瑞恵　（可南子に）明日からは、絶対に一人で出歩かないで。火曜になったら、私が一緒に行ってあげるから。
可南子　でも、一人で家にいてもつまらないし。
瑞恵　あんたに勝手にフラフラされたら、こっちが迷惑なのよ。お願いだから、余計な心配はさせないで。
可南子　私は心配してくれなんて言ってない。もう子供じゃないんだから、私の自由にさせてほしい。
瑞恵　二十年も病院にいた人が、何を言ってるのよ。
祐介　瑞恵、いい加減にしないか。
瑞恵　姉が妹の心配をするのは、当たり前のことじゃない。しかも、あんたは普通の体じゃないのよ。

可南子　私はもう治ったのよ。病人扱いしないで。
瑞恵　何ですって？
さくら　やめてよ、ママ。喧嘩しないで。
岸田さん　（瑞恵に）こう考えてみたらどうでしょう。可南ちゃんは、ずっと病院の中にいた。毎日、同じ景色を見て、生活してきたんです。ところが、今は全く違う景色の中にいる。一瞬一瞬が発見の連続だ。それについ夢中になって、瑞恵さんのことを忘れてしまったんです。迷惑をかけるつもりなんて、これっぽっちもなかったんですよ。そうでしょう、可南ちゃん？
可南子　（うなずく）
岸田さん　だから、今日のところは許してあげようじゃないですか。ね？　瑞穂さん。
瑞恵　すいませんでした。大騒ぎしちゃって。
岸田さん　いいんですよ。じゃ、そろそろ夕御飯にしましょう。そう言えば、可南ちゃんは北京ダックを食べてきたんですよね？　ということは、一人分余ってしまう。どうしましょう、藤田さん？
祐介　岸田さん、もう食べるつもりなんでしょう？
岸田さん　いいんですか？　いつもすいません。可南ちゃんも、お茶ぐらい、飲めるでしょう？　今日、何を見て来たのか、聞かせてください。

可南子・さくら・岸田さんが去る。

瑞恵　ごめんね、祐ちゃん。

祐介　二十年も別々に暮らしてたんだ。すれちがうのは当然さ。

瑞恵　でも、明日からは、可南子を一人にしないで。可南子が出かけるって言ったら、必ず一緒に付いていって。それがあの子のためでもあるんだから。

祐介　わかった。約束するよ。

瑞恵と祐介が去る。

さくらがやってくる。

さくら　その時まで、私は母のあんな顔を見たことがありませんでした。叱られたことがないわけではありません。が、私を叱る時の母は、いつも冷静だった。私は母でも妻でもない、あなたの姉である母に、初めて出会ったのです。次の日、あなたはまた一人で出かけようとしました。父が止めると、「昨日、行くって約束しちゃったから」と言いました。父は「仕方ないな」と笑って、「そのかわり、さくらが帰ってくるまで待ってくれ。さくらと僕も一緒に行くから」。

東郷課長・可南子・祐介がやってくる。可南子はケースを持っている。

東郷課長　黒田は今、電話中なんですよ。しばらくこちらでお待ちいただけますか。
可南子　すいません、お忙しいところにお邪魔しちゃって。
東郷課長　いや、出版社っていうのは、忙しい時と暇な時の差が激しいんですよ。今は暇な時ですか

4

ら、黒田が来るまでお相手します。

祐介　気を遣わないでください。僕ら、大分遅刻しちゃったし。

東郷課長　私がいると、迷惑ですか？

祐介　いいえ、決してそういうわけでは。

東郷課長　じゃ、少しだけ話をさせてください。実を言うと、私は子供が大好きなんですよ。（さくらに）お嬢ちゃん、こんにちは。歳はいくつ？

さくら　（手で「六」を示す）

祐介　さくら、ちゃんと答えなさい。

さくら　六歳です。

東郷課長　さくらちゃん、どうしてそんなに緊張してるのかな？　おじさんの顔、怖いかな？

祐介　こういう場所へ来たのは、初めてなんです。だから、緊張してるんでしょう。

可南子　私も、かなり緊張してます。

東郷課長　ビックリしたでしょう、こんなにむさ苦しい所で。

可南子　いえ、そんな。

東郷課長　ファンタジー専門の雑誌なのに、私みたいな男が編集長ですからね。黒田もああ見えて、硬派な男だし。

可南子　そうなんですか？　私、まだお会いしたことがないので。

東郷課長　失礼ですが、黒田とはどういうご関係で？

可南子　こちらの雑誌に、「イラストコンテスト」ってコーナーがありますよね？　そこに、三年ほど前から、応募するようになって。黒田さんには、いろいろアドバイスをしていただいてるんです。

東郷課長 あいつは真面目な男ですからね。性格も真面目だし、仕事も真面目だし、ギャグも真面目だから笑えないし。

祐介 相当、真面目な方なんですね。

東郷課長 すいません。私、おしゃべりなくせに口下手で。

祐介 いや、黒田さんの人柄がよくわかりました。

そこへ、黒田がやってくる。

黒田 お待たせしました。

可南子 こちらこそ、遅刻しちゃって、すいません。

黒田 青木さんですね？　退院、おめでとうございます。

可南子 ありがとうございます。こちらは、私の義兄と姪です。

さくら こんにちは。（と頭を下げる）

祐介 可南子がいつもお世話になってます。

黒田 黒田です。お義兄さんのことは、青木さんからよく伺ってます。本職の画家だそうですね？

祐介 いや、僕のは趣味みたいなものです。（可南子に）ダメだよ、オーバーなこと言っちゃ。

黒田　でも、何度か個展も開いていらっしゃるんでしょう？　今度やる時は、ぜひ教えてください。必ず見に行きますから。
祐介　本当ですか？
東郷課長　黒田は絵が好きなんですよ。入社した時は、ゴッホとピカソの区別もつかなかったんですが、死に物狂いで勉強しましてね。今では、イラストコンテストの入賞者に、自分の批評を送ってるぐらいです。
黒田　批評なんて偉そうなものじゃありませんよ。ただの感想です。
可南子　入賞者、全員にですか？
東郷課長　バカがつくほど真面目でしょう？　こんな調子で仕事をしてるから、未だに独身なんです。
黒田　僕はまだ二十七ですよ。
東郷課長　私は二十五で結婚しましたよ。（祐介に）あなたはおいくつで？
祐介　大学を卒業して、すぐです。
東郷課長　ということは、二十二ですか？　負けた。
祐介　早ければいいってものじゃないでしょう。
東郷課長　いやいや、人間ていうのは、結婚して子供を作って、初めて一人前になれるんです。（黒田に）だから、例の話、進めても構わないよね？
黒田　課長。お客さんの前で、その話はやめてください。
東郷課長　（可南子に）申し訳ありません。私、口下手なくせにおしゃべりで。それじゃ、私は仕事に戻ります。さくらちゃん、またね。

東郷課長が去る。

さくら　私、あの人、嫌い。

祐介　静かにしてなさい。

可南子　黒田さん。例の話って、何ですか？

黒田　大したことじゃないんですよ。課長は先月、小学校の同窓会に出たらしいんです。そうしたら、同級生の中で、課長だけが仲人をやってなかった。よほど悔しかったんでしょうね。次の日から、僕にいい子を紹介してやるって。

祐介　黒田さんを生贄にしようっていうんですね？

黒田　何度も断ってるんですが、なかなか諦めてくれなくて。（可南子に）そんなことより、絵を持ってきてくださったんですよね？

可南子　（ケースを差し出して）よろしくお願いします。全部で十枚あります。

黒田　（受け取って）がんばりましたね。

可南子　時間だけは、たっぷりありましたから。もっと描いたんですけど、取りあえずはこれだけ。

黒田　お義兄さんに選んでもらったんですか？

祐介　僕には見せてくれないんですよ。コンテストに送ってることも、内緒だったんです。

さくら　さっき、初めて聞いたんだよね。

黒田　（可南子に）話してなかったんですか？　どうして？

可南子　だって、三年も送ってるのに、佳作しか取ったことないし。

祐介　佳作だって、立派なものじゃないか。（黒田に）そうでしょう？

さくら　さくらも、可南ちゃんの絵が見たいな。

可南子　一人前になってから、見せようと思ったの。「これが私の絵だ」って胸を張れるような物が描けてから。

黒田　青木さんは、プロになりたいんですか？

可南子　なれれば、の話ですけど。

黒田　イラストレーターっていうのは、見た目ほど楽な職業じゃないんですよ。仕事のためなら、描きたくない絵も描かなくちゃいけないんだ。

可南子　わかってます。

黒田　締切に間に合わせるために、何日も徹夜することもある。つまり、体力だって必要なんです。退院したばかりのあなたに、徹夜ができますか？

可南子　私はこの歳になって、やっと社会に出られたんです。これからは、自分の力で食べていかなくちゃいけないんです。

黒田　でも、仕事なら他にもいっぱいあるでしょう。

可南子　どんな仕事が？　私には経験もなければ学歴もない。それなのに、もう二十六歳なんですよ。私みたいな女を、どこの会社が雇ってくれますか？

黒田　だから、イラストレーターなんですか？

可南子　今、私にできるのは、絵を描くことだけなんです。プロになれるかどうか、黒田さんの意

黒田　見を聞かせてください。

可南子　僕はただの編集者です。意見を聞くなら、プロの方がいいんじゃないですか。

黒田　私は、黒田さんに聞きたいんです。病院にいた時も、黒田さんのアドバイスだけを頼りにして、描いてきたんです。私にとっては、先生みたいなものなんです。

可南子　わかりました。今日はお預かりして、また改めてご連絡します。

祐介　今、見ていただくわけにはいきませんか？

可南子　可南ちゃん。あまりお時間を取らせちゃいけないよ。

でも――

そこへ、東郷課長と美佐子がやってくる。美佐子はケースを持っている。

東郷課長　黒田君、ちょっといいかな？　浅井さんが来たんですよ。

美佐子　ごめんなさい。お客様がいらっしゃってるのに。

黒田　どうかしたんですか？

美佐子　来月号の表紙の、ラフを見てもらおうと思って。

東郷課長　ファックスでもよかったのに。

美佐子　でも、この近くまで来る用事があったから。

黒田　ちょうどよかった。浅井さんの大ファンを紹介しますよ。

美佐子　私の？

黒田　青木さん、あなたが尊敬してるって言ってた、浅井美佐子さんです。

可南子　はじめまして。

黒田　（美佐子に）前に話をしましたよね？　長野の病院から投稿してくださってる、青木可南子さん。

美佐子　わかりました。どんどんうまくなってる人ね？

東郷課長　浅井さん、よかったら、ラフを見せてくれませんか？

黒田　（可南子に）すぐに終わりますから、ちょっと待っててください。

さくら　私たちの方が先に来たのに。

祐介　さくらは黙ってなさい。

美佐子　（ケースから絵を出して）二枚描いてみたんです。どっちがいいか、迷っちゃって。

東郷課長　なるほど、これは迷いますね。両方ともかなりいい。

黒田　僕は右の方ですね。「出会い」ってテーマがはっきり出てる。インパクトも強いと思います。

美佐子　黒田さんはこっちを選ぶと思ってました。東郷課長はいかがですか？

東郷課長　確かに、書店に並んだら、右の方が目を引くでしょうね。で、浅井さんはどっちにしたいんです。

美佐子　どっちかって言うと、左なんです。この構図は、今までやったことがないから。

東郷課長　じゃ、左にしましょう。どっちも同じぐらいいいんだから、やったことがない方に挑戦するんです。

美佐子　わかりました。
黒田　今月号の特集、評判いいですよ。ねえ、課長？
東郷課長　作家さんもえらく気に入ってくれましてね。今度、会わせてほしいって頼まれたんです。
美佐子　よかったら、セッティングしますけど。
可南子　お願いします。私はいつでも大丈夫ですから。
黒田　すいません、黒田さん。
可南子　何ですか？
黒田　用事を思い出したので、今日はこれで失礼します。
可南子　まだ話の途中じゃないですか。もう少し待ってもらえれば——
祐介　いいんです。お義兄さん。（と歩き出す）
ちょっと、可南ちゃん！（黒田に）お邪魔しました。さくら、おいで。

可南子が去る。後を追って、祐介とさくらも去る。

東郷課長　どうしたんでしょう、いきなり。
美佐子　私が途中で割り込んじゃったから。
黒田　浅井さんのせいじゃないですよ。
東郷課長　じゃ、私のせい？
黒田　違います。僕がもう少し気を遣えばよかったんです。

美佐子　彼女、黒田さんに会うために、わざわざ上京してきたんですか？
黒田　いや、彼女はプロのイラストレーターになりたいそうです。
東郷課長　しかし、残念なことに、才能がないと。
黒田　それはまだわかりません。
東郷課長　黒田君は優しいですね。結婚したら、きっといい旦那さんになれますよ。
黒田　その話は何度も断ったはずです。浅井さん、向こうで話をしましょう。
東郷課長　ちょっと、黒田君。

黒田・美佐子・東郷課長が去る。

5

さくら

さくらがやってくる。

出版社を出ると、あなたは「東京タワーへ行きたい」と言いました。私は前に一度行ったことがあったけど、「行きたい行きたい」と父に抱きつきました。展望台へ着くと、あなたは大はしゃぎ。私の手を引っ張って、グルグル歩き回りました。あなたの明るい笑顔を見て、私は思いました。まるで、子供みたいって。そういう私だって、もちろん子供でしたけど。たとえば、私の目の前にはたくさんの扉があって、私はそのすべてを開けられる鍵を持っている。六歳の私は、勝手にそう信じていました。私にはわからなかったのです。特別な人でなければ、自分の扉しか開けられないということが。そして、あなたの不安もわからなかった。私には、私の扉さえ開けられないかもしれない……。「可南ちゃんがいた病院はどっち?」そう私が尋ねると、あなたは「あっち」と指差しました。そして、話してくれたのです。あなたが、あなたの扉を見つけた日のことを。それは、私が生まれる一年前のことでした。

そこへ、瑞恵と祐介がやってくる。祐介は袋を持っている。

瑞恵　佐伯先生、可南子を見ませんでしたか？
祐介　先生？　ということは、この人、お医者さんなのか？
さくら　見えないかもしれないけど、この病院の医師です。
祐介　すいません。白衣を着てないから、掃除のおばさんかと。
さくら　町へ買い物に行ってたのよ。ところで、あなたは？
祐介　藤田です。僕の大学時代の友人の妹が、瑞恵さんの高校時代の同級生で。
瑞恵　要するに、私たち、結婚するんです。
さくら　それはおめでとう。可南ちゃん、病室にいなかった？
瑞恵　ええ。でも、ここで先生に会えてよかった。可南子の具合を聞きたかったんです。祐ちゃんも一緒に聞いて。
さくら　いい話はできないわよ。
瑞恵　構いません。
さくら　（祐介に）あなたは結核について、どれぐらいご存じ？
祐介　正直言って、何も知りません。時代劇で、武士がゴホゴホ血を吐くのを見たぐらいで。
さくら　血を吐くっていうのは、もう末期の症状よ。可南ちゃんはそこまでは行ってない。でも、右の肺の病巣がどうしてもしつこくて。菌が抵抗力を持っちゃって、なかなか薬が効かな

瑞恵　いの。手術をするかもしれないって聞きましたけど。
さくら　お母さんから聞いたのね？　私は「そういう選択肢もある」って言っただけよ。私としては、あくまでも薬で治したいと思ってる。手術をすると、体に傷痕が残るから。
瑞恵　私もその方がいいと思います。たとえ時間がかかったとしても。
さくら　わかってる。可南ちゃんはたぶん、おばあちゃんの所よ。見てくるから、ここで待ってて。

さくらが去る。

祐介　おばあちゃんて？
瑞恵　梅原さんのことじゃないかな。私も会ったことはないんだけど、去年入院した人よ。可南子はここに十三年もいるから、いろいろ教えてあげてるみたい。
祐介　十三年か。その間に、外へ出たことは？
瑞恵　一度もない。良くなったり悪くなったりの繰り返しだったから。
祐介　でも、いつかは治るんだろう？
瑞恵　治って、退院できたとするでしょう？　でも、再発しないとは言い切れないの。実際、戻ってくる人も多いんだって。で、最悪の場合はそのまま。
祐介　一生？
瑞恵　そう。

祐介　それは本当に最悪の場合だろう？　可南子さんはまだ若いんだから、根気よく治せば。
瑞恵　誤解しないで。私だって、治ってほしいとは思ってるのよ。でも、変な期待はしないことにしてるの。
祐介　変な期待って？
瑞恵　昔はよく言ってたのよ。「退院したら、家族で海へ行こう」とか、「遊園地へ行こう」とか。でも、今は言わなくなった。期待すればするほど、実現しなかった時が辛いから。
祐介　なんだか、もう治らないって諦めてるみたいだな。
瑞恵　そうじゃなくて、何が起きても挫けないように、覚悟してるのよ。

そこへ、可南子がやってくる。パジャマの上に、ガウンを羽織っている。

可南子　お姉ちゃん、いらっしゃい。
瑞恵　連れてきたわよ、私の旦那様。
可南子　（祐介に）はじめまして、可南子です。こんな恰好でごめんなさい。これでも、一番いいヤツを着たんです。
祐介　藤田祐介です。はじめまして。
瑞恵　それだけ？
祐介　他に何を言えばいいんだよ。
瑞恵　可南子にきちんと報告してよ。あなたの口から。

祐介　（改まって）来月、瑞恵さんと結婚することになりました、藤田祐介です。高校で、美術の教師をしてます。非常勤講師なんで、はっきり言って貧乏です。でも、必ず瑞恵さんを幸せにしてみせます。
可南子　お姉ちゃんをよろしくお願いします。（と頭を下げる）
祐介　こちらこそ、よろしくお願いします。（と頭を下げて）ああ、汗かいた。
可南子　（瑞恵に）よかったね、いい人にめぐりあえて。
瑞恵　本当にそう思ってる？　ダメならダメって、はっきり言ってよ。
祐介　おいおいおいおいおい。
可南子　私はとってもお似合いだと思う。それに、お姉ちゃんが選んだ人だもの。間違いないよ。
瑞恵　（祐介に）よかったね。合格だって。
可南子　それで、結婚式はどうするの？　やっぱり、教会？
瑞恵　私も祐ちゃんも就職したばっかりで、お金がないのよ。だから、籍を入れるだけにしようと思って。
祐介　「せめて式だけでも」って言ったんだけど、「興味ない」って言うんです。
可南子　（瑞恵に）ウェディングドレス、着たくないの？
瑞恵　別に。私は、祐ちゃんと一緒に暮らせれば、それでいい。だいたい、自分がウェディングドレスを着たところを想像すると、恥ずかしくなるのよね。
可南子　私は見たいな、お姉ちゃんの花嫁姿。
瑞恵　え？　でも。

可南子　もちろん、私は式に出られないよ。でも、写真で見られるじゃない。先月、結婚するって聞いた時から、ずっと楽しみにしてたんだ。

瑞恵　写真を見て、笑おうと思ってたんでしょう？　似合わないって。

可南子　ウェディングドレスが似合わない人なんて、いないよ。私はお姉ちゃんに着てほしい。たぶん、私は着られないと思うから。

瑞恵　そんなの、まだわからないじゃない。

祐介　よし、式を挙げよう。金なら、俺が何とかするから。

瑞恵　そうね。可南子のために、笑い物になるか。

可南子　やった！

祐介　そうそう。（と袋を出して）これ、可南子さんにプレゼントです。

可南子　（と受け取って）何だろう。

可南子が袋からスケッチブックと水彩具セットを出す。

可南子　どうもありがとう。でも、私、絵を描いたことないんです。

瑞恵　嘘よ。手紙に時々、お花とか描いてるじゃない。

可南子　あんなの、いたずら描きよ。

祐介　僕も最初はそうでした。近所の塀に宇宙戦艦ヤマトを描いたら、「うまい」ってほめられたんです。それで調子に乗っちゃって、町中の塀に描きまくったんです。

瑞恵　それでお巡りさんに捕まったのよね。
祐介　今度はほめられなかったけど、絵はもっとうまくなりました。大切なのは、描き続けることなんです。
可南子　でも、水彩なんてやったことないし。
祐介　僕がやり方を教えますよ。どこかに水道はないかな？
瑞恵　じゃ、可南子の部屋へ行こう。途中に洗面所があるから。

可南子・瑞恵・祐介が去る。

6

横山と富岡がやってくる。二人は花の入ったバケツを持っている。

横山　ただいま帰りました。あれ、誰もいないのかな？
富岡　このお花、どこに置きます？
横山　更衣室にしよう。ここに置いておくと、邪魔になるから。
富岡　それが終わったら、帰っていいですよね？
横山　ダメダメ。今日は徹夜だって言ったはずよ。
富岡　僕もですか？　僕はただのアルバイトなのに。
横山　違うでしょう？　スーパーアルバイトでしょう？
富岡　あれは、社長にそう言えって。
横山　私は社長に、あんたを「好きに使ってくれ」って言われた。だから、とことん働いてもらう。
富岡　残業手当はつくんですか？
横山　言ったでしょう、うちは能力給だって。あんたの能力は、直属の上司である私が判断する

富岡　の。今の調子だと、時給三十円ぐらいかな。
横山　三十円？　横山さん、あんたは冷血動物だ。
富岡　今の一言で、二十円に下がりました。
横山　横山さん、あなたは美しい。まるで、ともさかりえを車で轢いたみたいだ。
富岡　さらに十円に下がりました。

そこへ、瑞恵がやってくる。

瑞恵　あら、お帰り。
富岡　藤田さん。僕、今日はこれで帰っていいですか？
瑞恵　明日の式の準備が間に合いそうもないのよ。もう少しだけ手伝ってくれる？
横山　ほら、見ろ。
富岡　横山さんは短大を卒業して、すぐにこの会社に就職したそうですね？　ということは、今年で二十二歳？
横山　そうよ。それがどうかした？
富岡　僕は二浪して大学に入って、来月から四年生。つまり、今年で二十四歳です。あなたより、二歳も年上なんですよ。
横山　そうなんだ。じゃ、バイト君、急いでお花を運んで。
富岡　僕の名前はバイト君じゃないのに。

富岡がバケツを持って去る。

瑞恵　どう、バイト君は？
横山　いないよりはマシって感じですかね。

富岡の悲鳴が聞こえる。すぐに、富岡が走ってくる。後を追って、川合も走ってくる。川合はカクテルドレスを着ている。

富岡　変態です！　変態がいました！
川合　違うよ、違うってば。
瑞恵　落ち着きなさいよ。川合君よ。
富岡　本当だ、川合さんだ。それじゃ、川合さんは変態だったんですか？
川合　そうじゃなくて、瑞恵さんにドレスの仕上がりを見てもらおうと思ったの。
横山　だからって、自分で着ることはないでしょう。
川合　だって、僕にぴったりなんだもん。
富岡　嘘だ。そんなに大きな花嫁さんがいるわけない。
瑞恵　それがいるのよ。身長も足のサイズも、川合君と同じって花嫁さんが。
川合　どう、瑞恵さん？

瑞恵　怖いぐらいにきれいよ。ねえ、横山さん？
横山　私は単に怖いだけです。バイト君、残りのお花を早く持ってきて。
富岡　またバイト君って呼んだ。

富岡が去る。

横山　川合さんに頼めば、どんなサイズの人も安心ですね。
川合　横山さんの時も作ってあげようか？
横山　私はいいです。私は結婚しませんから。
川合　あら、どうして？
横山　独りでいる方が、気が楽なんです。旦那がいたら、いろいろ気を遣わなくちゃいけないし。
瑞恵　私は全然気を遣ってないよ。
横山　藤田さんのところは特別です。普通はやっぱり、妻が家事をすることになるでしょう？
　　　旦那のためにご飯を作る暇があったら、私は仕事がしたいんです。
川合　やっとプランナーになれたんだもん。バリバリ仕事がしたいよね。
横山　でも、やってることは、相変わらず雑用ばっかり。
瑞恵　明日の式が終わるまで、我慢して。次の式が入ったら、必ずプランを任せるから。
横山　気にしないでください。うちが忙しいのは、よくわかってますから。
川合　こう忙しいと、結婚したくなっても、する暇がないよね。

瑞恵　川合君、そういう話があるの？
川合　まさか。でも、この忙しさはやっぱり異常ですよ。僕だって、もっと時間があったら、思い通りの服が作れるのに。

そこへ、富岡がやってくる。後から、可南子・祐介・さくらもやってくる。富岡と祐介はバケツを、可南子とさくらはバスケットと水筒を持っている。

さくら　ママ、来たよ。
瑞恵　あんたたち、何しに来たの？
祐介　今日は徹夜なんだろう？　そう思って、サンドイッチを作ってきたんだ。
川合　ありがとうございます。
祐介　前から怪しいと思ってたけど、これが川合さんの正体ですか。
川合　違いますよ。このドレスは明日の式で使うんです。
横山　（富岡に）藤田さんの旦那さんに手伝わせるなんて、信じられない。
富岡　僕はいいって言ったんですよ。
祐介　でも、顔には「手伝って」って書いてありました。それより、皆さん、おなかは空いてませんか？
さくら　さくらも一緒に作ったんだよ。担当はピーナツサンド。
瑞恵　偉いじゃない。（祐介に）でも、差し入れなんて、初めてね。

祐介　可南ちゃんが持っていこうって言い出したんだ。（川合に）僕らはもう食べてきたから、どうかご遠慮なく。
川合　実は、僕もさっき食べちゃったんですよ。みんなは？
富岡　食べろと言われれば、いくらでも食べます。
横山　さっき、牛丼食べたばっかりじゃない。
瑞恵　じゃ、後で食べるわ。ありがとう。
可南子　紅茶も作ってきたんです。少しだけ、休憩にしませんか？
富岡　英語で言うと、ティータイムですね？　僕は賛成だけど、上司がなんて言うか。
横山　いいから、さっさとティーカップを持ってきて。
富岡　どうして素直に「賛成」って言えないのかな。

富岡が去る。

さくら　きれいなドレスだね。
川合　本当にそう思う？
さくら　さくらも着てみたいな。これだと、大きすぎるけど。（とドレスに触る）
瑞恵　気をつけてよ。世界に一着しかないんだから。
川合　あっ！
瑞恵　どうしたの？　まさか、汚したの？

さくら　破いちゃった。十センチぐらい。
瑞恵　ごめんね、川合君。さくら、謝りなさい。
川合　いいんですよ、これぐらい。すぐに縫えますから。
瑞恵　私が縫う。川合君はそのままジッとしてて。

そこへ、富岡がやってくる。お盆の上にティーカップを載せている。富岡がティーカップを配る。可南子が紅茶を注いで回る。瑞恵が川合から針と糸を受け取って、縫い始める。

可南子　明日の結婚式って、どんな所でやるんですか？
横山　古いレストランを借り切って。最近流行りのシビル・ウェディングってやつですよ。あのお花をテーブルに飾って、花嫁さんの頭にもつけて。
可南子　それで、このドレスを着るんだ。いいなあ。
川合　よかったら、可南子さんのも僕が作りましょうか？
可南子　私には必要ないかもしれません。
川合　あなたも結婚より仕事ってタイプ？
可南子　そうじゃないけど、結婚するには相手がいるでしょう？　この歳になるまで、そんな人とは一人も出会わなかったし。
川合　病院に、素敵な人はいなかったの？　お医者さんとか。
可南子　私の担当は女医さんでしたから。

川合　そうか。じゃ、可南子さんは男の人を好きになったことがないんだ。
富岡　川合さんはあるんですか？
川合　男の人を好きになったこと？　あるわけねえだろう、バカ。
祐介　可南ちゃん、昨日の人はどうなの？
瑞恵　昨日の人って？
可南子　いやだ、お義兄さん。変なこと言わないでよ。黒田さんとは、昨日、初めて会ったのよ。
祐介　でも、三年前から手紙のやりとりをしてたんだろう？　可南ちゃんが東京へ来たのは、黒田さんに会うためだったんじゃないの？
川合　黒田さんて、誰？
祐介　「苗」って雑誌の編集部の人です。
瑞恵　可南子は絵を描いてるのよ。それで、昨日、黒田って人に見せに行ったんだって。
富岡　「苗」なら、僕、毎月読んでますよ。
横山　男のくせに、童話が好きなの？
富岡　僕の愛読書は『大草原の小さな家』なんです。ええ、ええ、どうせ似合ってませんよ。
祐介　僕も童話は好きですよ。「苗」の編集部も、男ばっかりだったし。（瑞恵に）黒田さんから、昼間、電話があったんだ。「明日、もう一度来てくれませんか」って。可南ちゃん、すごくうれしそうだった。
可南子　それは、昨日渡した絵の感想が聞けるからよ。
富岡　「苗」でデビューできそうなんですか？

可南子　それを、明日、聞きに行くんです。

そこへ、速水社長がやってくる。

速水社長　なんだなんだ、ずいぶん賑やかだな。
川合　お帰りなさい、社長。
速水社長　俺、疲れてるのかな。川合君が女装してるように見える。
瑞恵　幻覚じゃありませんよ。明日のドレスのチェックをしてたんです。
川合　社長、今日は帰ってこないって言ってませんでした?
速水社長　気が変わったんだ。もうすぐ決算だから、帳簿の整理を始めないと。
祐介　速水さん、お邪魔してます。ほら、さくらもご挨拶して。
さくら　いつも母がお世話になってます。
速水社長　いえいえ、こちらこそ。どうしたんです、皆さん、お揃いで。
可南子　徹夜だって聞いたんで、差し入れを持ってきたんです。
速水社長　可南子さんのアイディアですね? お姉さんと違って、女らしいんだな。
瑞恵　今、何か、言いました?
速水社長　お姉さんに似て、よく気がつくって言ったんだ。(可南子に)よかったら、うちの会社に来ませんか。人手が足りなくて困ってるんです。
瑞恵　可南子に徹夜は無理ですよ。できた。川合君、どう?

川合　キレイに縫えてます。もう大丈夫だよ、さくらちゃん。
さくら　ご迷惑をおかけしまして。
瑞恵　よし、そろそろ仕事を再開しよう。可南子、差し入れ、ありがとう。
可南子　また徹夜の時は言ってね。サンドイッチぐらいしか作れないけど。
祐介　それじゃ、お邪魔しました。

可南子・祐介・さくらが去る。

川合　よし、これでやっと脱げるぞ。バイト君、脱ぐの、手伝ってくれる？
富岡　何度言えばわかるんですか。僕の名前は――

富岡が転ぶ。転びながら、川合のドレスをつかむ。盛大な音がして、ドレスが裂ける。

川合　あっ！
富岡　すいません！
横山　もう、何してるのよ！

川合・横山・富岡が大騒ぎしながら去る。

速水社長　藤田君、ちょっといいかな？
瑞恵　決算の話ですか？
速水社長　今度という今度は厳しそうなんだ。ここじゃなくて、隣の喫茶店で話そう。
瑞恵　わかりました。

二人が去る。

7

東郷課長と美佐子がやってくる。美佐子はケースを持っている。

美佐子 黒田さん、また打合せですか?

東郷課長 そうなんですよ。もうすぐ帰ってくると思いますけど。

美佐子 じゃ、東郷課長に先に見てもらおうかな。実は、来月号の表紙なんですけど。

東郷課長 もうできちゃったんですか? 二日で完成なんて、新記録ですね。

美佐子 いいえ、違うんです。一昨日、ラフを二枚持ってきましたよね? あの後、家へ帰ってから、また迷い始めちゃって。だから、両方、色をつけてみたんです。(とケースから絵を出す)

東郷課長 相変わらず、熱心ですね。(と絵を受け取る)

美佐子 左がオーケイをいただいた方です。でも、色をつけてみたら、右の方がいいような気がしてきちゃって。

東郷課長 浅井さん、あなたは罪な人だ。

美佐子 は?

東郷課長　私には選べない。こうなったら、来月号は表紙を二枚にして、出しちゃいましょう。
美佐子　そんなことできるんですか？
東郷課長　できません。が、そう言いたくなるほど、どっちも捨てがたい。どうすればいいんだ。
美佐子　でも、インパクトで言ったら、やっぱり右ですよね？
東郷課長　しかし、構図はあなたの得意なパターンだ。あなたのこれからを考えたら、あくまで左にこだわった方がいいかもしれない。ああ、やっぱり選べない。

そこへ、可南子・祐介・さくらがやってくる。可南子はケースを持っている。

可南子　お話中、すいません。こちらで待つように言われたんですが。
美佐子　こんにちは。
東郷課長　あっ、さくらちゃんだ。こんにちは。
さくら　（頭を下げる）
祐介　さくら、ちゃんとご挨拶しなさい。
さくら　先日はどうも。
東郷課長　いい子だね、さくらちゃんは。浅井さん、私たちは向こうへ行きましょう。
美佐子　表紙の件は、また後でいいですか？　私、青木さんにお話したいことがあるんです。
可南子　私にですか？
美佐子　ええ。それで、黒田さんに頼んで、呼んでもらったんです。

可南子　そうだったんですか。
東郷課長　すると、私だけが向こうへ行けばいいんですね？
祐介　いえいえ。黒田さんがいらっしゃるまで、話相手になってください。お忙しくなければ、ですが。
東郷課長　そうですか？　じゃ、ちょっとだけ。
さくら　（祐介に）私、お外で待ってるね。
祐介　ダメダメ。ここにいなさい。
東郷課長　（さくらに）お外が好きなら、おじさんと一緒に行くかい？
祐介　この子のことは、気にしないでください。ところで、黒田さんのお見合いの話、その後は進んでるんですか？
東郷課長　いや、黒田がのらりくらりと逃げるんで、困ってます。そうだ、浅井さんはどうですか？
美佐子　お見合いですか？　私はちょっと。
東郷課長　最近の若い人は、みんなイヤがるんだな。もしかして、結婚式もやらないって主義ですか？
美佐子　あら、どうしてですか？
東郷課長　最近、流行ってるそうじゃないですか。「じみ婚」でしたっけ？　式をやらずに籍を入れるだけってヤツ。浅井さんもそういうタイプかなと思いまして。
美佐子　私、そんなふうに見えます？
東郷課長　違いました？　ゴンドラに乗っちゃう方ですか？

美佐子　それは絶対にイヤですけど、一つだけ夢があるんです。子供の頃、父と二人で映画を見に行ったんですよ。外国の映画で、タイトルも覚えてないんですけど、結婚式を庭でやるシーンがあったんです。

祐介　ガーデン・パーティーですね?

美佐子　ええ。テーブルを一列に並べて、新郎新婦が端と端に座るんです。スピーチも歌もなくて、食事をするだけのパーティーなんだけど、とっても素敵でした。帰りに父に向かって、「私もあんな結婚式がやりたい」って言ったら、「困ったな。うちには庭がないぞ」って。

祐介　私の家はマンションだったんです。

美佐子　東京だと難しいですよね。相手がよほどのお金持ちじゃないと。

東郷課長　でしょう? だから、もう諦めたんです。かと言って、式場で決まりきった式をやるのもイヤだし。今は、籍を入れるだけでいいかなって思ってます。

美佐子　結局、あなたも「じみ婚」派ですか。

東郷課長　だから、仲人は結構です。

さくら　まだ「やらせてくれ」って言ってないのに。

残念だったね。

そこへ、黒田がやってくる。

黒田　すいません、たびたびお待たせして。

可南子　いいえ、私たちも今、来たところです。
東郷課長　黒田君、あなた、浅井さんに告げ口しましたね？　私が仲人をやりたがってるから、気をつけろって。
黒田　言ってませんよ、そんなこと。
東郷課長　そうでしたか。すいませんね、疑っちゃって。
黒田　青木さん。今日、あなたをお呼びしたのは、浅井さんに頼まれたからなんですよ。
可南子　それは今、浅井さんからお聞きしました。
黒田　一昨日、あなたが帰った後、あなたのことを話したんですよ。そうしたら、ぜひ一度、会わせてほしいって。
美佐子　私もイラストコンテストの卒業生じゃないですか。だから、何かあなたのお力になりたいと思って。（とケースから絵を出す）
可南子　私の絵を見たんですか？
美佐子　ごめんなさい、勝手なことをして。
黒田　僕がお見せしたんですよ。あなたが僕を信じてくださっているように、僕も浅井さんを信じてるんです。
美佐子　（絵を差し出して）先輩として、あなたにアドバイスをしたいんです。聞いてもらえますか？
可南子　（受け取って）ええ。
美佐子　あなたの絵はとってもいいと思います。でも、本気でプロになりたいなら、基礎から勉強してみたらどうでしょう。私の知り合いで、アートスクールをやってる人がいるんです。

東郷課長　もしよかったら、行ってみませんか？
黒田　それはいい考えですね。我流で描き続けるより、その方がずっといい。
可南子　どうです、青木さん？
黒田　確かに、私は正式な勉強はしたことありません。でも――
美佐子　あなたが焦る気持ちはわかります。しかし、今すぐデビューっていうのは、正直言って、無理です。
私もOLをしながら、アートスクールへ通いました。その時、勉強したことが、今ではとっても役に立っています。
祐介　どうする、可南ちゃん？　俺はいいお話だと思うけど。
可南子　（美佐子に）お気持ちはありがたいんですけど、お断りします。
祐介　どうして。
可南子　私が東京にいられるのは、どんなに長くても、あと一カ月なんです。四月までに帰るって、両親と約束しちゃったんで。
祐介　そうか。長野からだと、通うのは難しいな。
美佐子　じゃ、せめて一カ月だけでも。
可南子　アートスクールだったら、長野にもあると思います。通うなら、やっぱり地元の方がいいと思うんで。
黒田　そうですか。
可南子　じゃ、今日はこれで失礼します。

東郷課長　青木さん。滅多に見られない物をお見せしましょう。（と絵を差し出して）浅井さんが描いた、表紙のラフです。ラフとは思えない出来ですが。
さくら　わあ、きれい。
東郷課長　さくらちゃんはどっちが好きかな？
さくら　右の方。こんな所に行ってみたい。
黒田　僕と同じ意見だね。（美佐子に）だから、色をつけてみた方がいいって言ったんですよ。
美佐子　最初から、そうすればよかったんですよね。
東郷課長　何だ、黒田君のアドバイスだったんですか？　そうか、わかった。なぜもっと早く気づかなかったんだ。
さくら　どうしたの、おじさん？
東郷課長　水くさいじゃないですか、二人とも。あなたたち、結婚するんでしょう？
黒田　すいません。もっと早く言おうと思ってたんですが。
美佐子　でも、他の人にはまだ言ってません。東郷課長に報告してからって思ったんで。
東郷課長　そういうことなら、許してあげましょう。
可南子　おめでとうございます、黒田さん、浅井さん。
さくら　おめでとうございます。
美佐子　ありがとう。
可南子　それじゃ、私たちはこれで。今日は本当にありがとうございました。
祐介　失礼しました。さくら、行くよ。

可南子・祐介・さくらが去る。

東郷課長　これで、私もやっと仲人ができるというわけだ。よし、頑張るぞ。

黒田　申し訳ないんですが、僕たち、式はやらないつもりなんです。

東郷課長　じゃ、仲人は？

黒田　だから、なかなか言い出せなかったんですよ。

美佐子　（東郷課長に）すいません。またの機会にお願いします。

黒田　またって何ですか？

黒田・美佐子・東郷課長が去る。

8

岸田さんがやってくる。

岸田さん　自慢するわけではないが、僕の家は広い。終戦直後に祖父が建てた洋館で、部屋数は二十。その中には、図書室や音楽室やビリヤード室まである。はっきり言って、大邸宅だ。が、そこに住んでいるのは僕一人。はっきり言って、淋しい。窓から外を見ると、一千坪もある庭の向こうに、灯が。あそこへ行けば、人がいる。明るい笑顔と温かい食事がある。そう思うと、もう我慢できない。僕は灯に向かって走り出す。そして、離れの窓へと辿り着くのだ。こんばんは。

そこへ、瑞恵がやってくる。

瑞恵　なんだ、岸田さんですか。
岸田さん　あれ、瑞恵さんお一人ですか?
瑞恵　私も今、帰ってきたところです。祐ちゃんたちは買い物に行ってるみたい。

岸田さん　今日はずいぶん早いですね。
瑞恵　昼間、結婚式があったんです。その準備で、昨夜から一睡もしてなかったんで、今日は早めに切り上げ。
岸田さん　なるほど。じゃ、夕御飯まで寝たらどうです。支度ができたら、起こしてあげますよ。
瑞恵　じゃ、お言葉に甘えて。その前に、今日も窓から入ってきましたね？
岸田さん　祐介さんには内緒ですよ。
瑞恵　鍵はかかってなかったんですか？　祐ちゃんたち、戸締りしないで出かけたのかな。
岸田さん　いや、最初は合鍵を使って、玄関から入りました。で、中から窓の鍵を開けて、一旦外へ出て、改めて中へ入ったんです。祐介さんには内緒ですよ。
瑞恵　どうしてそこまでして窓から入るんですか？
岸田さん　もう習慣になっちゃってるんですよ。庭を真っ直ぐ走ってくると、ちょうど窓に突き当たるんです。そこに玄関があれば、玄関から入る習慣ができたのに。うちのお祖父ちゃんは、どうして玄関を反対側に作ったのかな。
瑞恵　ここは昔、お祖父さんのアトリエだったんでしょう？　なるべく邪魔が入らないようにしたかったんじゃないですか。
岸田さん　それは遠回しに、僕が邪魔だって言ってるんですか？
瑞恵　違いますよ。それより、今日は何の用事ですか？
岸田さん　明日は、祐介さんに絵を教えてもらう日でしょう。それなのに、急に仕事が入っちゃって。別の日に変えてもらえないか、頼みに来たんです。

瑞恵　お電話でもよかったのに。
岸田さん　やっぱり僕が邪魔なんですね？　瑞恵さんには、僕の気持ちがわからないんだ。一人ぼっちで母屋に住んでる、僕の淋しさが。
瑞恵　わかりました。淋しくなったら、いつでも来てください。
岸田さん　本当ですか？　じゃ、いっそのこと、僕もここに住んじゃおうかな。
瑞恵　どうぞどうぞ。私たちは母屋に引っ越しますから。

そこへ、可南子・祐介・さくらがやってくる。三人は買物袋を持っている。

さくら　ただいま。
祐介　岸田さん、こんばんは。今日こそは玄関から入ってきたでしょうね？
岸田さん　もちろんですよ。ねえ、瑞恵さん？
瑞恵　ただし、合鍵を使ってね。
岸田さん　内緒だって言ったのに。（祐介に）窓の鍵が閉まってたから、仕方なく使ったんですよ。使ったのは、今日が二回目です。
祐介　一回目はいつです。どうして今まで黙ってたんですか。
瑞恵　いいじゃない、悪気はなかったんだから。三人で買い物に行ってたの？
さくら　今日の夕御飯は、可南ちゃんが作るんだって。すごいご馳走だよ。
岸田さん　それは楽しみだな。メニューは何ですか？

祐介　岸田さんの分はありませんよ。
可南子　それがあるんだ。今日も来るだろうと思ったから、材料を多めに買っておいたの。
岸田さん　可南ちゃんは優しいな。でも、僕にはさくらちゃんという許嫁が。
祐介　自分の都合のいい方に誤解しないでください。
可南子　じゃ、全部で五人分ね。よし、がんばって作るぞ。
瑞恵　ずいぶん張り切ってるじゃない。何か、いいことでもあったの？
可南子　あったよ。私、生まれて初めて失恋しちゃった。
瑞恵　失恋？
岸田さん　どうして失恋がいいことなんですか？
可南子　私にはできないと思ってたから。病院にいた時は、本の中だけのものだったんです。
祐介　そうだよな。どんなことでも、経験しないよりはした方がいい。
さくら　あれ？　誰か来たみたい。
岸田さん　僕が見てきましょう。
祐介　いいですよ、僕が行きますから。

祐介が去る。

瑞恵　相手は誰？　もしかして、祐ちゃんが言ってた人？
可南子　そう。「苗」の黒田さん。昼間、会いに行ったら、イラストレーターの浅井さんて人も来

瑞恵　てたの。その人と結婚するんだって。
可南子　でも、黒田さんとは、一昨日初めて会ったんでしょう？
会った瞬間に、気づいたの。私はこの人が好きだって。会う前からずっと。それまでは、男の人を好きになるって感覚が、よくわからなかった。病院にいた時は、本を読んで、想像するしかなかったから。
岸田さん　想像してたのと、違いましたか？
可南子　全然違った。本には「胸が苦しくなる」って書いてあったけど、それがどんな苦しさなのか、やっとわかった。失恋した時の悲しさも。でも、私にとっては、みんないいことなの。
さくら　さくらにはよくわからないな。
岸田さん　すぐにわかるよ。イヤっていうほど。

そこへ、祐介と美佐子がやってくる。

祐介　可南ちゃん、お客様。
美佐子　こんばんは。
可南子　浅井さん、どうしてここへ？
美佐子　いきなり押しかけてごめんなさい。もう一度、あなたと話がしたくて。
さくら　ママ、この人が黒田さんと結婚する人だよ。
瑞恵　はじめまして、可南子の姉です。今、ちょうどあなたの噂をしてたんですよ。

美佐子　私の噂を？

可南子　昼間、「苗」の編集部でお会いしたでしょう？　その時のことです。

美佐子　あの後、私、反省したんです。私の話し方がうまくなかったから、あなたを傷つけたんじゃないかって。

可南子　別に傷ついてなんかいません。私に才能がないのは事実ですから。

美佐子　それは誤解よ。私はそんなつもりで、アートスクールを勧めたんじゃない。ただ、もったいないと思ったの。せっかくいいセンスを持ってるのに、それをいかしきれてないから。

可南子　……。

美佐子　あなたは確実にうまくなってる。色使いもタッチも、あなたらしさが出てきて。でも、構図はどこかで見たような物ばかり。それは、デッサンをきちんとやってないからよ。アートスクールを勧めたのは、そのためなの。

可南子　どうしてですか？　どうして、私に親切にしてくださるんですか？

美佐子　私はあなたの才能を伸ばしたいの。

可南子　私に才能なんてありません。昼間、浅井さんのラフを見て、よくわかりました。才能っていうのは、こういうことなんだって。だから、同情なんかしないでください。

美佐子　私、同情なんかしてないわ。あなたが長い間、病院にいたことは知ってる。でも、知らなくても同じことを言ったと思う。

可南子　……。

祐介　どうする、可南ちゃん？　もう一度、考え直してみたら？

可南子　（美佐子に）時間をください。長野から通うなら、両親にも相談しないと。
岸田さん　いっそのこと、僕の家から通ったらどうです。僕の家に下宿して。
美佐子　あの、あなたは？
岸田さん　申し遅れました。隣の家の、岸田です。
祐介　うちの大家さんです。この人も絵を描くんですよ。抽象画ですけど。
岸田さん　一応、ダリを目指してます。僕のことは置いといて、可南ちゃんの絵に見込みがあるなら、どんどん勉強するべきです。ねえ、瑞恵さん。
瑞恵　でも、私は可南子の絵を見てないから。
美佐子　とっても暖かい絵ですよ。私が一番好きなのは、結婚式の絵。
可南子　私も結構気に入ってます。あの絵は、姉の結婚式を描いたんです。
瑞恵　私たちの？
可南子　私、式には出られなかったでしょう？　でも、絵の中では参加してるんだ。さくらちゃんもいるのよ。
さくら　さくらが、ママたちの結婚式にいるの？　変なの。
美佐子　それが絵のいい所なのよ。絵には、自分の描きたいものが描けるの。たとえ現実にはありえないことでも。
瑞恵　浅井さんも、もうすぐ結婚するんですよね？　式はいつですか？
美佐子　式はやらないんです。籍を入れるだけで。
瑞恵　どうしてですか？

美佐子　私、来月からニューヨークへ留学するんです。その準備があるんで。
瑞恵　ニューヨークへはお一人で？
美佐子　ええ。彼に「留学が決まった」って話をしたら、「行く前に結婚してくれ」って言われて。「最低一年は帰れない」って断ったんですけど、「それでもいいから」って。
岸田さん　逆単身赴任てやつですね？　結婚してすぐに別れ別れなんて、淋しいでしょう？
可南子　それより、式ができないことの方が淋しいんじゃないですか？
美佐子　仕方ないわ。出発まで、あと一カ月もないんだから。
可南子　でも、昼間、言ってたじゃないですか。ガーデン・パーティーをやるのが、子供の頃からの夢だったって。
美佐子　今から準備したって、間に合うわけないわ。場所を探すだけでも、時間がかかるだろうし。
可南子　岸田さん、ここの庭を貸してください。
岸田さん　ちょっと待ってください。うちの庭で結婚式をやろうって言うんですか？
さくら　やろうよ、結婚式。やろうやろう。
可南子　やりましょうよ、浅井さん。子供の頃からの夢を、簡単に諦めちゃダメですよ。
美佐子　でも、彼がなんて言うか。
可南子　大丈夫ですよ。黒田さんだって、浅井さんの花嫁姿が見たいに決まってます。
祐介　（美佐子に）可南ちゃんは、僕たちの時もこう言ったんですよ。「お姉ちゃんの花嫁姿が見たい」って。
美佐子　でも、本当に時間がないんですよ。

可南子　お姉ちゃん、ガーデン・パーティーの準備って、一カ月でできる？
瑞恵　それは、プランナーの腕次第ね。
可南子　お姉ちゃんだったら？
瑞恵　一カ月もあれば、楽勝よ。でも、仕事はなるべく早いうちに始めたいわね。
可南子　（美佐子に）実は、うちの姉は、結婚式のプランナーなんです。
美佐子　（瑞恵に）本当ですか？
瑞恵　ええ。最初は普通のOLだったんですけど、転職したんです。きっかけは、自分の結婚式でした。三十人ぐらいの小さなパーティーだったのに、すごく感動しちゃって。他の人のお手伝いもしたいって思うようになったんです。
可南子　だったら、お姉ちゃんからも説得してよ。
瑞恵　岸田さん、庭を借りてもいいですか？　ここなら、日当たりもいいし、私の家で準備できるし。
さくら　いいでしょう、大家さん？
岸田さん　許嫁に頼まれたら、イヤとは言えないな。
瑞恵　ありがとうございます。浅井さん、明日にでも、私の会社に来てください。黒田さんと一緒に。
美佐子　でも――
可南子　私にお祝いさせてください。浅井さんと黒田さんの結婚を。
美佐子　（瑞恵に）電話をお借りしてもいいですか？　彼に相談してみます。

瑞恵　どうぞ、こちらです。

瑞恵と美佐子が去る。

岸田さん　結婚式か。タキシードを出さないといけないな。
さくら　呼ばれてないのに？
祐介　可南ちゃんはすごいな。
可南子　すごいって、何が？
祐介　黒田さんのことが好きなのに、「私にお祝いさせてください」なんて。
可南子　好きだから、お祝いしたいのよ。
祐介　でも、浅井さんは黒田さんを取った人じゃないか。
可南子　でも、私をちゃんと見てくれた。病人じゃなくて、普通の人間として。お義兄さん、浅井さんを夕御飯に招待してもいい？
祐介　別に構わないけど、もう一人分、増やせるの？
可南子　たぶん、何とかなると思う。
さくら　大家さんが帰れば、一人分、減るね。
岸田さん　そんなこと言わないで。僕もお手伝いしますから。

可南子・祐介・さくら・岸田さんが去る。

9

速水社長と瑞恵がやってくる。速水社長は書類袋を持っている。

速水社長 じゃ、俺はもう一度、銀行へ行ってくる。
瑞恵 ちゃんと頭を下げてくださいよ。テーブルにおでこがくっつくまで。
速水社長 しかし、あいつらの虚ろな笑顔を見てると、ムカムカしてくるんだ。
瑞恵 仕方ないじゃないですか。こっちは潰れかかってるんだから。
速水社長 だからって、あの態度はないだろう。最初に借りに行った時は、「どうぞどうぞ」って、揉み手してたんだぞ。それが今では、ソファーにふんぞりかえって、「ダメなものはダメですな」だもんな。
瑞恵 まあまあ、もう少しの辛抱ですよ。
速水社長 景気がよくなったら、別の銀行に乗り換えてやる。今に見てろよ。

そこへ、川合がやってくる。

川合　すいません、寝坊しちゃって。
速水社長　昨日はお疲れさま。川合君のドレス、評判よかったぞ。普通の二倍の大きさなのに、よく一人で縫ったな。しかも、二着も。
川合　どうしても着せてあげたかったから。
速水社長　来月の昇給、期待してろよ。じゃ、俺は外回りに行ってくる。

速水社長が去る。

瑞恵　さてと、そろそろお客さんが来るから、コーヒーでも入れておこうかな。
川合　瑞恵さん。一分でいいから、僕の話を聞いてくれない？
瑞恵　どうしたのよ、深刻な顔をして。
川合　僕、この会社を辞める。今月いっぱいで。
瑞恵　今、なんて言った？
川合　知り合いのアパレルメーカーの人に誘われたの。一度断ったんだけど、ぜひって言われちゃって。
瑞恵　せっかく人が増えて、これからって時に。どうして？
川合　僕は、もっといろんな服が作りたいの。
瑞恵　うちに入った時、なんて言ったか、覚えてる？「一生に一度の服を作れるなんて、幸せです」って。

川合　その気持ちは、今でも変わってないよ。でも、このままウェディングドレスばっかり作ってたら、僕は僕の仕事が嫌いになっちゃう。

瑞恵　そんな悲しいこと言わないでよ。私は川合君の作るドレスが大好きなのに。

川合　僕はあんまり好きじゃない。いつも時間に追われてるから、やりたいことの半分しかできないんだ。

瑞恵　それは、仕事が忙しすぎるからよ。横山さんがプランナーとして一人前になったら、会社も大きくできる。そうしたら、きっと楽になる。

川合　でも、うちの会社、もう潰れそうなんでしょう？　知ってるよ。社長が毎日外回りをしてるのは、借金をするためだって。

そこへ、黒田と美佐子がやってくる。

美佐子　こんにちは、藤田さん。

瑞恵　お待ちしてました。川合君、コーヒーを持ってきて。あと、私のファイルも。

川合　オーケイ。

川合が去る。

瑞恵　黒田さんですね？　はじめまして、藤田です。

黒田　あなたのお話は、妹さんからよく伺っています。仕事と家庭を両立させている、立派な人だって。

瑞恵　立派なのは、主人の方です。家のことは、任せっきりですから。

黒田　早速ですけど、打合せを始めてもらえますか。会社を抜けてきたんで、あまり時間がないんです。

瑞恵　わかりました。まず、お日にちを聞かせてください。

黒田　それが、まだ考えてないんですよ。昨日まで、籍を入れるだけだと思い込んでたんで。

美佐子　（手帳を開いて）三十日はどうかしら？

黒田　出発まで二日しかないじゃないか。

美佐子　そっちの準備はなんとかなる。来てくれる人のことを考えたら、なるべく遅い方がいいでしょう？

黒田　俺はいつでも構わないけど。

そこへ、川合がやってくる。ファイルと、コーヒーカップを載せたお盆を持っている。ファイルを瑞恵に渡し、コーヒーカップを黒田と美佐子に配る。

瑞恵　こちら、ドレス担当の川合です。どんなデザインでも、一週間以内にお作りします。

美佐子　私はレンタルにしようと思ってたんですけど。

瑞恵　ご予算のことでしたら、ご心配なく。彼は、安い生地を高級に見せる天才なんです。ねえ、

川合　川合君？
美佐子　「早い、安い、美しい」が僕のモットーですから。
黒田　でも、一度しか着ないのに、もったいないじゃないですか。
川合　ドレスぐらい、着たいものを着ればいいだろう？　金なら、俺がなんとかするから。
黒田　じゃ、景気よくダイヤでも散りばめますか？
川合　そこまでする必要はありません。
瑞恵　冗談で言ったのに。
（ファイルから紙を取り出して）これ、簡単なアンケートです。お式の参考にさせていただきますので、お二人で話し合ってから、記入してください。
美佐子　（受け取って）ずいぶんたくさん項目があるんですね。
黒田　（紙を見て）「新郎新婦の好きな花」「好きな食べ物」「好きな力士」こんなことまで書くんですか？
瑞恵　お二人の好みを、できるだけ詳しく知りたいんです。
美佐子　（黒田に）私が書いておくわ。わからないことがあったら、後で電話する。

そこへ、横山と富岡がやってくる。

横山　ただいま帰りました。
瑞恵　ちょうどよかった、こっちに来て。今朝、話をした、黒田さんと浅井さん。

横山　ガーデン・パーティーの方たちですね？　藤田のアシスタントの横山です。
富岡　そのまたアシスタントの――
横山　あんたはいいの。ただのバイトですから、気にしないでください。
富岡　一度ぐらい、名乗らせてくれてもいいじゃないですか。
瑞恵　それで、お日にちはいつなんですか？
　　（美佐子に）今月の三十日でよろしいんですよね。ところで、牧師さんはどうしますか？
黒田　ガーデン・パーティーだと、シビル・ウェディングにする人も多いみたいですが。
　　シビル・ウェディング？
横山　神様じゃなくて、パーティーに来てくれた人全員に誓う式です。
富岡　僕は牧師さんをお勧めします。
美佐子　ごめんなさい。私はシビル・ウェディングにしたいんです。（黒田に）いい？
黒田　いいよ。僕ら、キリスト教徒じゃないんだし。
美佐子　（瑞恵に）その場合、仲人はどうなるんでしょう？
瑞恵　いてもいなくてもいいんです。ただ、呼び方は仲人じゃなくて、立会人になりますが。
美佐子　仲人って呼んじゃいけないんですか？　どうしても仲人をやりたいって方がいらっしゃるんです。この人の上司なんですけど。
黒田　いいじゃないか、呼び方なんかどっちだって。
美佐子　でも、東郷課長はとても楽しみにしてくださってるのよ。
瑞恵　そういうことでしたら、仲人さんとお呼びしましょう。

美佐子　よかった。
瑞恵　実は、こちらからも一つお願いがあるんです。そこにいる横山に、プランをやらせていただきたいんです。
横山　藤田さん。
瑞恵　これが初めてのプランなんですが、アシスタントの経験は長いんです。
黒田　あと三週間しかないのに、初めての人で大丈夫なんですか？
瑞恵　彼女には、これから、お二人のお式だけを担当させます。もちろん、私もフォローします。
黒田　しかし、僕らにとっては、一生に一度のことなんですよ。
美佐子　いいじゃない、この人で。この人にとっても、初めてのプランていうのは、一生に一度なんだから。（横山に）一生懸命やってくれますよね？
横山　頑張ります。
黒田　（時計を見て）悪いけど、そろそろ会社へ戻らないと。
美佐子　でも、まだ打合せが終わってないのよ。
黒田　後は君に任せるよ。君のやりたいようにして構わないから。
美佐子　でも、これは私たち二人の結婚式なのよ。あなたも一緒に意見を言って。
黒田　俺は昨日まで、式をやるなんて思ってなかったんだ。だから、こうしたい、なんて意見はない。
美佐子　だったら、今、考えて。
黒田　俺は君の意見に従う。君は前からいろいろ考えてたんだろう？

美佐子　子供の頃からの夢だったの。ガーデン・パーティーをすることが。
黒田　どうして今まで話してくれなかったんだ。俺は何度も聞いたじゃないか。本当に式をやらなくていいのかって。
美佐子　無理だと思ってたのよ。あと一カ月しかないから。
黒田　そうじゃなくて、俺に遠慮してたんだろう？　ガーデン・パーティーなんて言ったら、迷惑がかかるって。
川合　まあまあ、お二人とも。
黒田　すいません。僕は彼女の夢が実現できれば、それでいいんです。他に希望はありません。
美佐子　今日はこれで失礼します。アンケートが書けたら、電話しますから。
瑞恵　横山さん。
横山　次の打合せの日時は、その時、決めましょう。場所は、お式の会場がいいですね。下見をしながら、具体的な話を詰めていくんです。
美佐子　わかりました。それじゃ。
瑞恵　今日は、お忙しい中ありがとうございました。

黒田と美佐子が去る。

横山　藤田さん、いきなりなんてひどいですよ。
瑞恵　次の式が入ったら、やらせるって言ったでしょう？　たぶん、あの人たちの式はすごくシンプルなものになると思う。だから、初めてのプランには、ちょうどいいのよ。

川合 でも、かなり苦労しそうですよ。

富岡 いいんじゃないですか？　人間は、苦労すればするほど、成長しますから。

横山 あんたに言われたくないわよ。ほら、さっさとカップを片付けて。

富岡 僕は今、成長真っ盛りだ。

富岡がコーヒーカップを持って去る。

瑞恵 川合君、さっきの話の続きをしよう。横山さん、隣の喫茶店にいるから。

横山 わかりました。

瑞恵が去る。

川合 がんばってね。

川合と横山が去る。

10

さくら

さくらがやってくる。

こうして、結婚式の準備が始まりました。あなたは、まるで自分が結婚するみたいに、大張り切り。庭を歩き回って、日当たりのいい場所を探したり、岸田さんの家に上がり込んで、使えそうな家具を探したり。見ている私が心配になるほど、元気に動き回っていた。父は何も言わなかったけど、ずっとあなたを気にしていた。毎日、買い物に出かける前に、「今夜は何が食べたい?」って聞いていたでしょう? あれは、あなたに今まで食べたことのないものを食べさせるため。父は父のやり方で、あなたを応援していたのです。私にできたことは、あなたのお尻にくっついて、走り回ることだけ。でも、とっても楽しかった。庭の桜の木の下で、草むしりをしていた時。あなたは初めて教えてくれました。私に「さくら」という名前をつけたのは、あなただって。「可南ちゃんは桜の木が好きなの?」そう私が尋ねると、あなたは笑って答えました。「さくらちゃんのパパも同じことを聞いたわ。今からちょうど一年前」。

そこへ、瑞恵と祐介がやってくる。

祐介 佐伯先生、お久しぶりです。

さくら 最近、顔を見せなかったわね。仕事が忙しかったの？

祐介 いや、娘が幼稚園に入ったんで、毎日、送り迎えをしなくちゃいけないんです。でも、やっと春休みになったんで。

さくら 今日は娘さんは？

瑞恵 ここへ来る前に、実家に寄って、預けてきました。

さくら さくらちゃん、だったわね？　私も一度会ってみたいわ。可南ちゃんも会いたいだろうな。

瑞恵 可南子、病室にいなかったんですけど、検査か何かやってるんですか？

さくら 今日は何もないと思うけど。

祐介 わかった。おばあちゃんの所じゃないか？

さくら おばあちゃんって、梅原さん？

祐介 可南ちゃんと仲がいいんですよね？

瑞恵 （さくらに）なんだか、話しそびれちゃって。（祐介に）梅原さん、先月、亡くなったのよ。

祐介 そうだったのか。

さくら もう八十歳を過ぎてたし、よく頑張ったって言えるんじゃないかな。

瑞恵 二回ぐらいしかお会いしてないけど、素敵なおばあちゃんでしたよね。

祐介　俺はとうとう会えなかったな。
さくら　そうだ。今日は、二人にいい話があるのよ。
瑞恵　いい話って？
さくら　可南ちゃん、退院できるかもしれないの。あと半年、様子を見てからじゃないと、決定はできないけど。
祐介　本当ですか？　可南ちゃん、治ったんですか？
さくら　私たちも驚いてるのよ。もう手術するしかないと思ってたのに、二年ぐらい前から、影が小さくなってきたの。先週の検査では、ほとんど見えないぐらいになってた。
祐介　それでも、半年、待つんですか？
さくら　念には念を入れないと。だから、可南ちゃんにはまだ内緒ね。
瑞恵　わかりました。
さくら　可南ちゃんはこの季節になると、裏庭で絵を描くのよ。あそこの桜の木がお気に入りなの。見てくるから、ここで待ってて。

さくらが去る。

祐介　そうか。可南ちゃん、退院できるのか。よかったな、瑞恵。
瑞恵　うん。
祐介　何だよ、ボーッとしちゃって。少しは嬉しそうな顔しろよ。

瑞恵　先生も言ってたでしょう？「あと半年、様子を見てから」って。
祐介　でも、影が見えなくなったんだ。もう治ったようなもんじゃないか。
瑞恵　いい方にばかり考えるのはイヤ。もし、また悪くなったら、どうするの？
祐介　瑞恵は、可南ちゃんのことになると悲観的だな。
瑞恵　可南子は特別なのよ。あの子がここへ来て、何年になると思う？　十九年よ、十九年。その間に何度、治るかもしれないって思ったか。
祐介　わかってるよ。でも、今、治りかかってるのも事実なんだ。そんなに暗い顔するなよ。
瑞恵　可南子には言わないでね。ちゃんと決まるまでは。
祐介　わかってるって。
瑞恵　本当？　この前みたいに、「早くさくらに会わせたい」なんて言わない？
祐介　半年も前のこと、よく覚えてるな。
瑞恵　覚えてるわよ。あの時、私、寿命が縮んだんだから。可南子は笑ってたけど、きっと傷ついてたと思う。
祐介　しっ、可南ちゃんだ。久しぶり。（と手を振る）
瑞恵　可南子。

そこへ、可南子がスケッチブックを持ってやってくる。パジャマの上に、ガウンを羽織っている。

可南子　お義兄さん、来てくれて、ありがとう。

祐介　裏庭にいたの？
可南子　桜の木を描いてたんだ。蕾がずいぶん大きくなってきた。
祐介　可南ちゃんのお気に入りなんだってね。うちのさくらの名前、その木からつけたの？
可南子　話してなかったっけ？
瑞恵　聞いてないわよ。
可南子　そうだ。お姉ちゃんたちには内緒にしておいて、私が直接教えようと思ってたんだ。さくらちゃんが大きくなったら。
祐介　さくらはもう五歳だよ。
可南子　じゃ、会った時に話そう。
瑞恵　会った時って？
可南子　佐伯先生から聞かなかった？　私、もうすぐ退院できそうなの。
祐介　なんだ。内緒じゃなかったのか。
可南子　そう言ってた？　やっぱり、そうなんだ。
瑞恵　可南子。私たちを引っかけたのね？
可南子　ごめんなさい。だって、佐伯先生、何も言ってくれないんだもの。
瑞恵　あんたもわかってるでしょう？　今、調子がいいからって、ずっといいとは限らないのよ。
可南子　今度は違うの。私にはわかる。もう悪くなんかならない。
祐介　どうして治ったってわかったの？
可南子　先週、ずいぶんしつこくレントゲンを撮ったのよ。「おかしいな」と思って、看護婦さん

瑞恵　に聞いてみたの。「私の胸、きれいになったんでしょう?」って。
可南子　そうしたら?
祐介　「まだわからない」って言われた。でも、顔には「その通り」って書いてあったの。
可南子　それで、俺たちに確認したわけだ。やられたな。
祐介　お姉ちゃん。退院したら、お姉ちゃんの家へ遊びに行ってもいい?
瑞恵　いいとも。我が家の自慢の娘に会わせてあげるよ。
可南子　二人とも、気が早すぎる。後でガッカリしても、知らないわよ。
祐介　心配いらないって。そうか。とうとうさくらちゃんに会えるんだ。
瑞恵　瑞恵の子供の頃の写真にそっくりだよ。美人かどうかは、見る人の趣味によるけど。
可南子　バカなこと言ってないで、部屋へ入ろう。
瑞恵　はいはい、わかりました。

可南子と祐介が歩き出す。

瑞恵　ちょっと待って。思い出した。
祐介　何を?
瑞恵　可南子。梅原さんの下の名前、「さくら」じゃなかった?
可南子　何だ、知ってたのか。
祐介　じゃ、おばあちゃんの名前をさくらに?

可南子　「どんな名前がいいと思う？」って聞かれた時、真っ先におばあちゃんの顔が浮かんだの。とっても素敵な人だったのよ。

祐介　そうか。桜の木からじゃなかったのか。

可南子　あの木は、おばあちゃんも大好きだった。今年も花を見るのを楽しみにしてたのに。

瑞恵　部屋へ入る前に、その木を見に行こう。さあ、可南子。

可南子・瑞恵・祐介が去る。

11

さくら・岸田さん・川合・横山・富岡がやってくる。

川合　こんなに広い庭、初めて見ましたよ。サッカーグランドより広そうですね。
岸田さん　大したことありませんよ。ほんの一千坪です。
横山　お家も大きいですね。私のアパートの十倍はありそう。
岸田さん　大したことありませんよ。ほんの二十部屋です。
富岡　こんな所に一人で住んでて、淋しくないですか？
岸田さん　淋しいです、とっても。
さくら　今日はたくさん人が来てくれて、よかったね。
岸田さん　こんなことは、母の葬式以来、初めてです。横山さん。ここが一番日当たりがいいと思いますが、どうでしょう？
横山　一応、他の所も見せていただけますか？
岸田さん　どうぞどうぞ。後で、家の中もご案内します。使えそうな家具があったら、言ってください。

横山　お借りしてもいいんですか？
岸田さん　可南ちゃんは最初からそのつもりでしたよ。家の中を歩き回って、使えそうな家具に紙を貼ってました。「可南ちゃんのお勧め」って。
さくら　「さくらちゃんのお勧め」もあるよ。

そこへ、瑞恵と速水社長がやってくる。

速水社長　おはよう、諸君。
川合　社長、どうしたんですか？
速水社長　今回は横山君の初プランだからな。様子を見に来たんだ。
瑞恵　社長、こちらが岸田さんです。
速水社長　（岸田さんに）この度はご協力ありがとうございます。こんなに広い庭をタダで貸してくださるなんて。
岸田さん　タダ？
速水社長　藤田君、またガーデン・パーティーがやりたいって人が来たら、ここを紹介しよう。
さくら　そしたら、また人がたくさん来るね。
岸田さん　まるで夢のようだ。よし、今回は第一回ということで、タダにしましょう。
瑞恵　すいません、何だかうまく丸め込んだみたいで。
岸田さん　いいんですよ。それじゃ、庭をご案内します。

岸田さん・横山・富岡・さくらが去る。

川合　社長。ちょっとお話したいことがあるんですけど、お時間はありますか？
速水社長　今日はこれから横浜へ行くんだ。たぶん、会社へは戻らない。
川合　じゃ、明日は？
速水社長　今じゃダメなのか？
川合　ここでは、ちょっと。
速水社長　勿体ぶる必要はないぞ。辞めるって話なんだろう？
川合　瑞恵さんから聞いたんですか？
速水社長　俺の目が節穴だと思ってるのか？　最近の君の態度を見ていれば、イヤでもわかる。
川合　すいません。
速水社長　藤田君は知ってたのか。
瑞恵　ええ。もちろん、説得はしたんですけど、決心が固くて。
速水社長　俺は、去る者は追わない主義だ。しかし、なぜ、よりによって今なんだ。
川合　横山さんもプランナーになったし、バイト君も入ったし。
速水社長　しかし、ドレスが作れるのは君だけだ。
川合　だったら、レンタルにすればいいじゃないですか。僕が入る前は、そうやってたんだから。
速水社長　君もわかってるだろう。うちの会社は、結婚式にかかわるすべてのものを用意するっていうのが売りなんだ。

川合　そうやって、何から何までやろうとするから、社員に負担がかかるんですよ。

速水社長　なんだと？

そこへ、可南子と祐介がやってくる。後から、黒田と美佐子がやってくる。

可南子　お姉ちゃん、新郎新婦を連れてきたよ。

美佐子　どこから入っていいのか、よくわからなくて。結局、藤田さんのお宅に伺ったんです。

祐介　岸田さんの家の玄関は、ウチと正反対にありますからね。

速水社長　（黒田に）この度はおめでとうございます。社長の速水です。

黒田　黒田です。急な話を引き受けていただいて、ありがとうございます。

川合　僕、横山さんを呼んできます。

川合が去る。

瑞恵　（黒田に）今日は、お仕事の方は大丈夫なんですか？

黒田　半休を取ってきましたから、ご心配なく。この前は、喧嘩みたいになっちゃって、すいませんでした。

速水社長　藤田君があなたに喧嘩を売ったんですか？

黒田　違いますよ。僕と彼女の間で、ちょっと行き違いがあったんです。でも、ちゃんと話をしましたから。

美佐子　私が悪かったんです。この人が言った通り、変に遠慮してたんです。

速水社長　遠慮って？

美佐子　私は結婚したら、すぐにニューヨークへ行くんです。最低一年は、彼を待たせることになる。その上、式がやりたいなんて、どうしても言い出せなかったんです。

黒田　留学することは、初めからわかってました。それでもいいから、「結婚してくれ」って言ったんです。彼女には自分のやりたいことをやってほしい。僕に遠慮して、諦めてほしくない。

速水社長　（美佐子に）優しい旦那さんじゃないですか。僕だったら、ニューヨークなんて、絶対に行かせませんよ。「僕を一人にしないで」って。

瑞恵　（美佐子に）でも、日本へはたまに帰ってくるんでしょう？

美佐子　それが、まだわからないんです。向こうの大学が結構厳しい所なんで。

祐介　僕の友人もそう言ってましたよ。日本と違って、遊んでる暇なんかないって。

可南子　だったら、黒田さんが行けばいいじゃないですか。

黒田　まとめて休みが取れたら、そうしようと思ってます。

可南子　取れたらじゃなくて、取るんですよ。今、ここで約束してください。

瑞恵　ちょっと、何を言い出すのよ。

可南子　「一緒にいたい」って思うから、結婚するんでしょう？　少しぐらい無理をしても、二人の

黒田　時間を作らなくちゃ。
可南子　わかりました。約束します。
瑞恵　それから、手紙も書いてくださいね。短くてもいいから、毎日。
美佐子　可南子、あんたが口出しすることじゃないでしょう？
可南子　いいんですよ。（可南子に）私たちのこと、心配してくれてるのよね？
（黒田に）病院にいた時、私に手紙をくれましたよね？　あの手紙が、私に力を与えてくれたんです。「よし、もっといい絵を描くぞ」って気持ちになれたんです。
黒田　でも、毎日っていうのは難しいな。何について書けばいいのか。
可南子　何でもいいんですよ。今日は九時まで残業したとか、帰りに課長にラーメンをおごってもらったとか。
祐介　それは、手紙っていうより、日記じゃないの？
可南子　そうです、日記を書くんです。だって、それは、一緒に暮らさなければ、わからないことでしょう？　一緒に暮らせないかわりに、日記を書いて送るんです。
黒田　週に一度じゃダメですか？
祐介　それだと、日記にならないでしょう。
速水社長　なぜ電話を使わないんです。国際電話は安くて便利ですよ。

そこへ、岸田さんが東郷課長の腕を引っ張ってやってくる。

東郷課長　黒田君、助けて。
岸田さん　この男が庭をうろついてたんですよ。「黒田さんの知り合いだ」って言い張るんですが。
黒田　この人は僕の上司の東郷課長です。（東郷課長に）こんな所へ何しに来たんですか？
東郷課長　私は仲人ですよ。式場の下見に来ないわけにはいかないでしょう。
黒田　でも、横山さんは「本人だけでいい」って。
東郷課長　私は必要ないんですか？　すいません、私、内気なくせに出しゃばりで。
瑞恵　仲人さんですね？　私、横山のアシスタントの藤田です。
東郷課長　今、何て言いました？
瑞恵　横山のアシスタントの藤田です。
東郷課長　もう少し前です。
瑞恵　私。
東郷課長　もうちょっと。
瑞恵　仲人さんですね？
東郷課長　いいですね、その言葉の響き。もう一回、呼んでもらえますか？
速水社長　仲人さん仲人さん仲人さん仲人さん。三回はサービスです。
東郷課長　あなたは？
速水社長　社長の速水です。失礼ですが、仲人は初めてですね？
東郷課長　わかります？
速水社長　必要以上にテンションが高いから、そうじゃないかと。

東郷課長　そういうあなたは、仲人の経験がおありで？
速水社長　いいえ、まだ一度も。
東郷課長　何だ、私の勝ちですね。
速水社長　失礼ですが、課長さんですよね？
東郷課長　そうです。それが何か。
速水社長　私は社長です。私の勝ちですね。
東郷課長　失礼ですが、従業員は何人ですか？
速水社長　バイト君と私を入れて、五人ですが。
東郷課長　うちは社員だけで、五百人です。私の勝ちですね。
速水社長　でも、私は社長です。やっぱり私の勝ちですね。
瑞恵　どっちが勝ちでもいいじゃないですか。岸田さん、うちの横山は何をしてるんですか？
岸田さん　さあ。向こうの森の中を歩いてるうちに、はぐれちゃいましてね。無事だといいんですが。

そこへ、さくらがやってくる。

さくら　あれ？　横山さんより先に着いちゃった。
東郷課長　さくらちゃん、久しぶり。元気にしてたかい？
さくら　ちょっとヤボ用を思い出しました。（と走り出す）
東郷課長　さくらちゃん、どうして逃げるの？（と走り出す）

岸田さん　こら！　僕の許嫁に何をする！（と走り出す）

さくら・東郷課長・岸田さんが去る。入れかわりに、川合・横山・富岡がやってくる。

富岡　鬼ごっこですね？　僕も入れてもらおうかな。
横山　あんたは遊びに来たんじゃないでしょう？（黒田に）お待たせして、すいませんでした。
瑞恵　いい場所は見つかった？
川合　向こうはただの樹海でした。生きて帰れて、よかった。
横山　（瑞恵に）岸田さんの言う通り、ここが一番日当たりがいいみたいです。
黒田　じゃ、テーブルはここに並べるんですね？
横山　ええ。次は全体の色調です。それに合わせて、テーブルクロスやお花を発注するんで。
美佐子　私、水色が好きなんですけど、地味でしょうか？
川合　いいと思いますよ。ドレスの白とも合うし。
横山　それじゃ、水色で、いくつか見本を取り寄せてみます。次の打合せの時に、その中から選んでください。

そこへ、東郷課長がやってくる。後から、岸田さんとさくらもやってくる。

東郷課長　困りますよ。仲人抜きで話を進めてもらっては。

富岡　あなた、仲人なんですか？
東郷課長　もう一回、言ってくれる？
富岡　あなた、仲人なんですか？
東郷課長　その通り。ところで、君は誰ですか？
富岡　アルバイトの富岡です。やっと名前が言えた。
東郷課長　じゃ、今日から君のことを、トミーと呼ばせてもらおう。
富岡　あなただけです。僕を人間扱いしてくれたのは。
横山　ちょっと静かにしてくれない？　打合せの途中なのよ。
岸田さん　よかったら、中で話しませんか？　皆さんに食べていただこうと思って、ケーキを買っておいたんです。
さくら　ケーキ？　食べたい食べたい。
祐介　さくらは、パパたちとお出かけするんだろう？
瑞恵　あら、どこへ行くの？
祐介　可南ちゃんと美術館へ行くんだ。今日までの展示があるんで。
可南子　さくらちゃん、私たちもお外でケーキを食べよう。ケーキより、パフェの方がいいかな？
さくら　両方食べる。子供は体重を気にしなくていいから、得だよね。
祐介　食べすぎて、グルグルピーになっても知らないぞ。
岸田さん　さあ、皆さん、中へどうぞ。

岸田さん・黒田・美佐子・東郷課長・川合・横山・富岡が去る。

瑞恵　あんまり遅くならないでね。
可南子　わかってる。お仕事、がんばってね。

可南子・祐介・さくらが去る。

瑞恵　社長、横浜へ行かなくていいんですか?
速水社長　少し気が重いんだ。何回も断られてるから。
瑞恵　そう言わずに、がんばりましょうよ。川合君の方は、私がもう一度、説得しますから。
速水社長　あの口ぶりだと、引き留めても無駄なんじゃないか?
瑞恵　弱気なこと言わないでください。
速水社長　藤田君。明日から、新しい仕事は入れないことにしよう。
瑞恵　どういう意味ですか?
速水社長　そろそろ潮時かもしれないってことだ。

速水社長が去る。反対側へ、瑞恵が去る。

12

さくらがやってくる。

さくら　次の日から、岸田さんの家にはいろんな人が来るようになりました。毎日来たのは、横山さんとトミー。浅井さんも時々来ては、家の中を熱心に歩き回っていました。母は他にいくつも式を抱えていたから、毎日残業。横山さんが浅井さんの式に専念したので、何もかも一人でやらなくてはいけなかったのです。だから、私の卒園式にも、とうとう顔を出さなかった。最後に記念写真を撮った時、私の後ろに立ったのは、父とあなたでした。

さくらが去る。反対側から、瑞恵がやってくる。後から、美佐子がやってくる。

美佐子　藤田さん、お一人なんですか？
瑞恵　ええ。他のみんなは、朝から鎌倉へドライブに行ってるんです。もう帰ってきてもいい頃なんですけど。それより、お体の方は大丈夫なんですか？　昼間、病院へ行ってきたんでしょう？

美佐子　点滴を打ったら、すっかり楽になりました。お医者さんは、たぶん、疲れが溜まってたんだろうって。

瑞恵　無理もないですよ。絵の仕事をしながら、留学の準備。その上、ガーデン・パーティーですからね。

美佐子　今日はすいませんでした。打合せに行かなくて。

瑞恵　かわりに、黒田さんが来てくれましたから、ご心配なく。まさか、わざわざそれを謝りに？

美佐子　実は、藤田さんにご相談したいことがあるんです。

瑞恵　私に？　どんなことでしょう。

美佐子　ここまでお世話になっておいて申し訳ないんですけど、パーティーをキャンセルさせてもらえないでしょうか？

瑞恵　どうしてですか？

美佐子　やっぱり、籍を入れるだけにした方がいいんじゃないかと思うんです。もちろん、キャンセル料はちゃんとお支払いします。

瑞恵　うちの会社の者が、何か失礼なことでもしたんですか？

美佐子　いいえ。横山さんは一生懸命やってくれてますし、川合さんのデザインも気に入ってます。

瑞恵　それなら、どうして。黒田さんはそんなこと、一言も言ってなかったのに。

美佐子　彼にはまだ話してないんです。

瑞恵　こんな大事なこと、浅井さん一人で決めていいんですか？　黒田さん、打合せの時に言っ

美佐子　てましたよ。「彼女の花嫁姿を見るのが、だんだん楽しみになってきました」って。その気持ちはとってもうれしいんです。でも、彼は今日、仕事で大阪へ行くはずだったんです。それなのに、私のせいで。

瑞恵　気にすること、ないんじゃないかな。黒田さんは、別に怒ってなかったし。

美佐子　パーティーをやりたいって言い出したのは、私です。言い出したからには、自分の力でやりたかったんです。でも、私にはできなかった。これからだって、また倒れるかもしれないし。彼に迷惑をかけるのは、二度とイヤなんです。

そこへ、可南子・祐介・さくらがやってくる。

さくら　ただいま。

瑞恵　お帰りなさい。

祐介　遅くなってごめんな。帰り道で、渋滞に巻き込まれちゃって。

可南子　浅井さん、いらっしゃってたんですか？

美佐子　藤田さんに相談したいことがあって。でも、もう帰りますから。

瑞恵　ちょっと待ってください。もう少し、落ち着いて話をしましょう。

祐介　何かあったのか？

瑞恵　浅井さんが、式をやめたいって言うの。

可南子　（美佐子に）どうしてですか？

美佐子　やっぱり、私には無理だったのよ。たった一カ月で、ガーデン・パーティーをやろうなんて。

瑞恵　（可南子に）昼間、浅井さんと打合せをするはずだったんだけど、体の具合が悪くなって、代わりに黒田さんに来てもらったの。そうやって、黒田さんに迷惑をかけるのはイヤなんだって。

可南子　（美佐子に）そんなの、おかしいですよ。結婚式っていうのは、新郎新婦、二人のものでしょう？　二人で協力するのは、当たり前じゃないですか。

美佐子　でも、私たちの場合は違う。私たちのパーティーは、私のワガママから始まったんだもの。彼はそのワガママに付き合ってくれてるだけ。

可南子　黒田さんはそう思ってませんよ。浅井さんのやりたいことなら、何でも応援したいって思ってます。夫婦って、きっとそういうものなんですよ。お姉ちゃんとお義兄さんのところもそうだし。

祐介　俺たちのところ？

可南子　お義兄さんは、お姉ちゃんの仕事を応援したいと思ってるでしょう？

祐介　ああ。俺にできるのは、夕食の支度ぐらいだけど。

可南子　（美佐子に）黒田さんだって、きっと同じです。だから、浅井さんが気にすることはないんです。

美佐子　でも、この前、あなたが言ったじゃない。「一緒にいたい」って思うから、結婚するんでしょうって。私、あの時、決めたの。留学するまで、できるだけ彼と一緒にいようって。

可南子　でも、なかなか時間が取れなくて。パーティーがなくなれば、その分、時間が取れるじゃない。

瑞恵　それは、一人で何でもやろうとするからですよ。他の人に頼めることは、どんどん頼んじゃえばいいんです。ねえ、お姉ちゃん？

美佐子　（美佐子に）とりあえず、式の準備は私たちに任せてもらえませんか？　進行状況は、毎日、横山に報告させますから。

瑞恵　それだと、横山さんにご迷惑がかかるでしょう？

美佐子　そんなこと、気にしないでください。今、中止になる方がよっぽど迷惑です。

可南子　でも。

さくら　（瑞恵に）何か、私に手伝えることはない？

瑞恵　（瑞恵に）さくらもやるよ、お手伝い。

可南子　無理無理。あんたたちなんか、足手まといになるだけよ。

美佐子　どんなことでもいいの。浅井さんの負担が少しでも減らせるなら。

可南子　じゃ、一つ、お願いしてもいいかしら。

美佐子　何ですか？

可南子　来週の月曜から、銀座で個展をやるの。私が今まで「苗」に描いてきた作品を集めて。でも、準備が全然進んでないのよ。

瑞恵　それを手伝えって言うんですね？　私でよければ、喜んで。

可南子　可南子。あんたにできると思ってるの？

美佐子　そんなに大変な仕事じゃないんです。絵を入れる額を選んだり、タイトルをワープロで打ったり。
瑞恵　でも、この子は働いたことがないんですよ。体だって、普通の人と違うし。
可南子　私はやってみたい。先週、お義兄さんと原宿の画廊へ行った時、「おもしろそう」って思ったの。
瑞恵　遊びに行くのとは、わけが違うのよ。知らない人と話をしなくちゃいけないし、満員電車にも乗らなくちゃいけない。「今日は行けません」なんて言うわけにはいかないのよ。
祐介　俺が車で送り迎えをするよ。それならいいだろう?
さくら　さくらも行く。可南ちゃんが疲れたら、代わってあげる。
瑞恵　さくらは口出ししないで。これは、大人の話なのよ。
可南子　お姉ちゃん、お願い。お姉ちゃんたちの時は何もできなかったけど、今度は役に立ちたいの。
祐介　可南ちゃんのことは、俺が責任を持つよ。だから、やらせてあげよう。
瑞恵　(可南子に) 途中で弱音を吐いたら、承知しないからね。
可南子　ありがとう。浅井さん、よろしくお願いします。
美佐子　私の方こそ、いきなり仕事を頼んじゃって、ごめんなさい。
可南子　そのかわりって言うのはなんだけど、ガーデン・パーティー、やるって約束してくれますか?
美佐子　わかった。約束するわ。

さくら　やった！　よかったね、可南ちゃん。
美佐子　青木さんには助けてもらってばかりね。初めは、私があなたを助けるつもりだったのに。
可南子　私は何もしてません。
美佐子　アートスクールのこと、ご両親に相談してみた？
可南子　すいません、まだなんです。
瑞恵　どうして？　早く電話しなさいって言ったのに。
祐介　明日、三人で見学に行くつもりだったんだ。お父さんとお母さんに相談するのは、それからでも遅くないだろう。
瑞恵　そんな話、聞いてなかったから。
美佐子　（可南子に）じゃ、明日の朝、向こうに電話しておくわ。私の紹介って言えば、すぐにわかるようにしておくから。
可南子　ありがとうございます。
美佐子　それじゃ、私は失礼します。
さくら　何のお構いもしませんで。

美佐子が去る。

可南子　よかった、考え直してくれて。
祐介　体の具合が悪くなって、ちょっと弱気になったんだろう。でも、可南ちゃんのおかげで、

瑞恵　助かった。
可南子　（可南子に）個展の準備なんて、本当にできるの？
瑞恵　自信はないけど、やってみたいの。絵の勉強にもなるから。
祐介　気持ちはわかるけど、その場の思いつきで決めるのは、やめてほしいわ。
瑞恵　いいじゃないか。可南ちゃんの好きなようにさせてあげれば。
祐介　でも、私は心配なのよ。
瑞恵　可南ちゃんは、もう病人じゃないんだ。必要以上に心配するのは、やめたらどうだ。
可南子　私だってそうしたいわよ。でも、可南子が何を考えてるのか、ちっともわからないんだもの。少しは私に相談してくれてもいいのに。
瑞恵　自分のことは、自分で決めたいの。
祐介　だから、放っておけって言うの？　だったら、勝手にすればいいわ。
おい、瑞恵。

瑞恵が去る。後を追って、祐介も去る。

さくら　ママったら、怒ってばっかり。
可南子　お姉ちゃんは悪くない。私がワガママだから、いけないのよ。

可南子が去る。

さくら　母の心配をよそに、あなたは個展の準備を一日も休まずにやり遂げました。そして、個展の第一日目。私と父はあなたに案内されて、浅井さんの絵を見て回りました。横を通り過ぎようとしたお客さんが、私の耳元で囁きました。「仲のいいパパとママで、よかったね」。説明するのが面倒で、私は思わずうなずきました。でも、同時に、気がついたのです。ずいぶん長い間、母と外へ出かけていないことに。そして、いよいよパーティーの日がやってきました。

そこへ、祐介・岸田さん・横山・富岡がやってくる。二人一組でテーブルを持っている。

岸田さん　さくらちゃん。靴が汚れるから、家に入ってれば？

さくら　平気だよ。雨、そんなに降ってなかったし。

祐介　（横山に）すぐに止んでよかったですね。ガーデン・パーティーがビリヤード室パーティーになるところだった。

横山　すいません、お二人にまで手伝わせちゃって。

岸田さん　いいんですよ。今日は三十人ぐらい、お客さんが来るんでしょう？　嬉しくて嬉しくて、昨夜はぐっすり眠っちゃいました。
富岡　でも、今から準備して、間に合うかな。
横山　あと二時間もあるじゃない。スーパーアルバイトの腕を見せてよ。

そこへ、瑞恵と可南子がやってくる。それぞれ、テーブルクロスを持っている。

瑞恵　わあ、いい天気。雨が降ってたなんて、嘘みたいね。
可南子　私のテルテル坊主が効いたのかな？
瑞恵　どうせなら、朝から晴れてほしかったな。
岸田さん　これだけ晴れれば、上出来じゃないですか。
富岡　こんな日は、思いきり野球でもしたいですね。
横山　なぜ思いきり働きたいって思わないの？　ほら、さっさと体を動かして。

祐介・岸田さん・横山・富岡が去る。

瑞恵　さくらも手伝って。皺ができないように、気をつけてね。
さくら　花嫁さんはまだ？
瑞恵　そう言えば、遅いわね。もう少ししたら、様子を見てくるわ。

可南子　川合さんて、メイクもできるんだね。
瑞恵　うちの会社にいると、何でもできるようになるのよ。必要に迫られて。
可南子　よし、今日は私も働くぞ。
瑞恵　お願いだから、無理しないで。
可南子　わかってますって。

そこへ、祐介・岸田さん・横山・富岡がやってくる。それぞれ、花を持っている。

さくら　キレイなお花だね。終わったら、もらってもいい？
横山　どうぞどうぞ。さくらちゃんのお部屋に飾るの？
さくら　うん。いいでしょう、ママ？
瑞恵　好きにしなさい。バイト君、足元に気をつけて。
富岡　藤田さんも、僕のことをトミーって呼んでいいですよ。
横山　誰がそんな呼び方するもんですか。

そこへ、黒田と東郷課長がやってくる。それぞれ、正装している。

東郷課長　トミー、私も何か手伝おうか？
瑞恵　ダメダメ。服が汚れるといけないから、おとなしくしててください。

東郷課長　（黒田に）叱られちゃいました。
横山　藤田さんて、仕事になると怖いんですよ。
祐介　いや、普段から怖いです。
瑞恵　何か言った？
祐介　バイト君、しっかり働けよ。
東郷課長　頑張れよ、トミー。
富岡　僕の味方は仲人さんだけです。今日は仲人さんのために働きます。
横山　しゃべってる暇があったら、体を動かして。

横山が去る。

さくら　黒田さん、カッコいい。馬子にも衣裳だね。
黒田　どうもありがとう。
可南子　さくらちゃん。それは誉め言葉じゃないのよ。
さくら　そうなの？　でも、岸田さんが――
岸田さん　さくらちゃん、ピン・スポットを取りに行こう。
瑞恵　そんな物、使わないでしょう？
さくら　ママ。誉める時は、何て言えばいいの？
瑞恵　そうね。さくらがカッコいいと思う人に似てるって言うとか。

さくら　黒田さん、カッコいい。リング・アナウンサーみたい。
瑞恵　言うんじゃなかった。
東郷課長　さくらちゃん、おじさんは誰に似てるかな?
さくら　うーんとね、わかんない。ああ、忙しい。
東郷課長　さくらちゃん、おじさんも手伝うよ。
黒田　課長。おとなしくしてろって言われたばかりでしょう?
東郷課長　君はずいぶん落ち着いてますね。私はこんなにドキドキしてるのに。
黒田　まさか、自分がこんな服を着ることになるとは思ってませんでしたからね。「もうどうにでもしてくれ」って感じです。
可南子　でも、本当に似合ってますよ。浅井さんの花嫁姿も楽しみですね。
黒田　正直言うと、今日はそれだけを楽しみにして来ました。
可南子　浅井さん、お体の方は大丈夫なんですか?
黒田　もうすっかり。あの時は、僕もビックリしました。彼女が弱音を吐いたのは、初めてだったから。
東郷課長　その姿がいとおしくて、ますます惚れ直したと。
黒田　(時計を見て)彼女、遅いな。
東郷課長　照れてますね?
瑞恵　川合君、まだメイクが終わらないのかな。私、様子を見てきます。

そこへ、横山がやってくる。

横山 藤田さん、ちょっといいですか。

瑞恵 どうしたの？　何かトラブル？

横山 はい。私、どうしたらいいかわからなくて。

瑞恵 落ち着いて、ちゃんと話して。一体何があったの？

横山 浅井さんが「パーティーを中止したい」って言ってるんです。

東郷課長 何ですって？

横山 川合さんがずっと説得してたらしいんですけど、どうしましょう？

瑞恵 わかった。すぐに行く。

そこへ、美佐子と川合がやってくる。美佐子はウェディングドレスを着ている。

可南子 浅井さん。

川合 横山さん、ごめん。説得できなかった。

美佐子 ごめんなさい。皆さん、本当にごめんなさい。

黒田 今さら、何を言ってるんだ。あと二時間で、お客さんが来るんだぞ。

瑞恵 （美佐子に）こんな時になって、どうしたんですか？　また具合が悪くなったんですか？

美佐子　違います。
東郷課長　じゃ、何が問題なんです。このパーティーをやろうって言い出したのは、あなたなんですよ。
美佐子　違うんです。私は、パーティーがやりたくないって言ってるんじゃなくて。
東郷課長　それじゃ、まさか――
美佐子　黒田さん、ごめんなさい。私、結婚できません。
東郷課長　浅井さん。あなた、自分が何を言ってるか、わかってるんですか？
美佐子　（黒田に）結婚を中止させてください。お願いします。
瑞恵　川合君。これって、どういうこと？
川合　僕にもわからないんだ。メイクが終わって、「さあ行きましょう」って言ったら、いきなり「ごめんなさい」って。
美佐子　自分の顔を鏡で見てるうちに、気がついたんです。こんな気持ちのままで、結婚することはできないって。
東郷課長　浅井さん、落ち着いて。とにかく、一度落ち着くんです。
岸田さん　その前に、あなたが落ち着いたらどうです。
東郷課長　わかりました。落ち着け、青次郎。よし。浅井さん、まず、理由を話してください。ここまで来て、「ごめんなさい」だけじゃ、誰も納得しませんよ。
黒田　（美佐子に）俺には言えない理由なのか？
美佐子　たぶん、わかってもらえないから。わかってほしいなんて言えないから。

瑞恵　いいから、話してください。最後まで、黙って聞きますから。
可南子　お願いします、浅井さん。
美佐子　私、きっといい気になってたんです。私には何でもできるって。自分の絵が売れるようになって、留学も決まって。黒田さんに「結婚してくれ」って言われた時も、自分なら、仕事と結婚は両立できるって思ったんです。でも、それは間違いだったんです。
黒田　そんなことがどうしてわかる。まだ式も挙げてないのに。
美佐子　式をやるって決めてからの私は何？　あなたにも、他の人たちにも、迷惑をかけて。自分一人じゃ何もできなかった。式の準備だけじゃないわ。一番大切な絵だって、思い通りのものが描けなくなった。
黒田　それは忙しかったからだ。誰だって、二つのことを同時にやろうとしたら、最初はなかなかうまくいかない。
美佐子　そうじゃない。私は初めから、一つもできてなかったのよ。できてないくせに、いい気になってたのよ。私が今、一番やらなくちゃいけないことは、自分の足でしっかり立つこと。そのために、まず、ちゃんと絵を描きたいの。
瑞恵　それは、結婚しても、できるんじゃないですか？
美佐子　いいえ。このままじゃ、どっちも中途半端になります。
瑞恵　そしたら、またやり直せばいいじゃない。
可南子　やり直せなかったらどうするの？
瑞恵　あんたは黙ってて。

可南子　お姉ちゃん。私には、浅井さんの気持ちがわかるのよ。
瑞恵　あんたに何がわかるって言うの？　働いたこともないくせに。
祐介　瑞恵。可南子ちゃんの話を最後まで聞こう。
可南子　病院にいた時、私は眠るのが怖かった。このまま目が覚めなかったらって思うと、堪らなかった。明日やろうと思ってたことが、できなくなるかもしれないから。
さくら　さくらもわかる。さくらも時々、そう思って眠れなくなる。
可南子　だから、やり直せる時間はないかもしれないの。それで、思ったんだ。今、一番やりたいことを、必死でやるしかないって。
祐介　可南子ちゃんにとっては、それが絵だったのか。
黒田　（美佐子に）おまえにとっても、そうなんだろう？
美佐子　ごめんなさい。
瑞恵　（美佐子に）黒田さんは？　黒田さんの気持ちはどうでもいいの？
可南子　そんなわけないじゃない。だから、今まで悩んでたんじゃない。
東郷課長　浅井さん。黒田は、あなたが思ってるより、ずっと大きな男ですよ。あなたが今、絵のことしか考えられなくても、黒田はきっと許してくれます。だから、結婚をやめるなんて言わないでください。
美佐子　でも、私は私の絵が描きたいんです。
黒田　おまえの絵？
美佐子　個展の準備をしてる時、青木さんはとっても楽しそうだった。「私もいつかは自分の個展

黒田　がやってみたい」って。私だって、ほんの何年か前は、そうだったのよ。絵を描くこと、絵にかかわるすべてのことが、楽しくて楽しくて仕方なかった。それが、その時、一番やりたいことだったから。でも、今の私は違う。絵を描いていても、ちっとも楽しくないの。

美佐子　私が今、描いてる絵は、私の絵じゃないの。

黒田　だから、絵のことだけを考えたいのか。

瑞恵　ええ。今は、それが一番やりたいことなの。

黒田　わかった。

美佐子　黒田さん。

黒田　（美佐子に）おまえは、おまえのやりたいことをやればいい。俺はそれを応援する。それが、俺のやりたいことなんだ。

美佐子　ごめんなさい。

黒田　そんなに何度も謝るなよ。俺はまだ諦めたわけじゃないんだから。

美佐子　え？

黒田　「今は」って言ったよな？　それはつまり、先のことはわからないってことだ。青木さんは、「やり直せる時間はないかもしれない」って言った。でも、それは、あるかもしれないってことだ。そうでしょう、青木さん？

可南子　ええ。

黒田　（美佐子に）ニューヨークから帰ってきたら、もう一度やり直してほしい。それまで、結婚のことは忘れてくれ。

美佐子　本気で言ってるの？　あなたはそれでいいの？
黒田　俺は編集者だからな。待つことには慣れてるんだ。迷惑なら、迷惑だと言ってくれ。それなら、潔く諦める。
美佐子　迷惑なんかじゃない。ありがとう。
黒田　皆さん、すいません。今日のパーティーは中止になりました。
岸田さん　僕は反対です。中止じゃなくて、延期ってことにしましょう。とりあえず、一年。
祐介　それはいい考えですね。岸田さんもたまにはいいことを言うな。
黒田　（美佐子に）どうする？
美佐子　延期にしてください。本当にごめんなさい。
瑞恵　横山さん。
横山　わかりました。すぐに片付けを始めます。
富岡　せっかくここまで準備したのに。
川合　でも、ちょっとは役に立ったんじゃないかな。僕たちのしたこと。
岸田さん　そうですよ。けっして無駄ではなかったんです。ところで、お客さんたちはどうします？
そろそろいらっしゃる頃でしょう。
黒田　僕が直接、話をします。
美佐子　私も行きます。
東郷課長　私も行きましょう。仲人として、当然の義務です。もちろん、一年後もやらせてもらえるんですよね？

さくら　それはその時になってからだよ。

瑞恵　さあ、片付けを始めよう。

瑞恵・可南子・祐介・岸田さん・川合・横山・富岡が片付けを始める。黒田・美佐子・東郷課長が去る。

14

さくら　それから二時間、黒田さんと浅井さんは謝り続けました。中には怒り出す人もいたらしいけど、二人はただひたすら頭を下げたそうです。その間、私たちは大急ぎで後片付け。誰も口を開こうとしなかったので、庭は怖いぐらいに静かでした。そして、どうにかすべてのお客さんを送り返して、黒田さんたちは戻ってきました。最後にもう一度、頭を下げた二人は、結婚式を挙げたばかりのようにも見えました。

速水社長がやってくる。

速水社長　横山君。どういうことか、説明してくれ。
横山　事情は電話でお話した通りです。浅井さんが「パーティーを中止したい」って言い出して
速水社長　そんなことはわかってる。俺が聞きたいのは、君が何をしていたかだ。「中止したい」と言われて、「はい、そうですか」と引き下がったのか。
横山　もちろん、説得はしました。

速水社長　どんなふうに。
横山　「今、中止したら、いろんな人に迷惑がかかりますよ」って。でも、最後に決めるのは、ご本人ですから。
速水社長　だから、仕方なかったって言うのか？　当日キャンセルなんて事態は、うちの会社が始まって以来、初めてなんだぞ。(瑞恵に) 君がついていながら、なぜ食い止められなかったんだ。
瑞恵　すいません。
川合　謝ることないよ、瑞恵さん。あの二人にとっては、無理やり結婚するより、中止した方がよかったんだ。
速水社長　君は横から口出ししないでくれ。
川合　どうしてですか？　僕だって、社員の一人ですよ。社長が今、大変なのはわかるけど、社員に八つ当たりするのはやめてください。
速水社長　八つ当たりとはどういう意味だ。
川合　借金を断られて、ムシャクシャしてる気持ちを、瑞恵さんたちにぶつけてるじゃないですか。
速水社長　会社を見捨てた人間には、関係のないことだ。
川合　僕が、いつ、見捨てたんです。
速水社長　はっきり言ったらどうだ。潰れそうな会社にはいたくないって。
川合　どうしてそうやって頭から決めつけるんですか。僕が辞めようと思ったのは、社長のやり

瑞恵　方についていけないからですよ。
川合　川合君、止めて。
瑞恵　でも、瑞恵さん——
川合　頭から決めつけてるのは、川合君の方じゃない。自分が何を言っても、社長は聞いてくれないって。
瑞恵　現に聞いてくれなかったよ。何度も言おうとしたのに。
川合　だから、諦めるの？　そんな調子で次の会社へ行ったら、きっと同じことになる。やりたいことの半分もできないうちに、また他のことがしたくなる。
瑞恵　そうかもしれない。でも、どうしようもないんだ。
速水社長　そうやって決めつける前に、もう一度、話をするのよ。
横山　藤田君、もういい。どっちにしろ、うちの会社は今月いっぱいで終わりなんだ。
速水社長　終わりって、どういうことですか？
瑞恵　倒産だ。累積赤字が一億を越えて、ついに銀行にも見放されたってわけだ。
速水社長　ちょっと待ってください。
瑞恵　もちろん、諸君に迷惑はかけない。次の就職先は、俺が責任を持って探してくる。
速水社長　よその会社なんて、行きたくありません。
瑞恵　君たちなら、どこへ行っても、やっていける。
　そういうことじゃなくて、私はこの会社が好きなんです。この会社のやり方が。社長がいつも言ってるじゃないですか。お客さんの希望を、一つ残らずかなえようって。できない

速水社長　と言う前に、できる方法を考えようって。そんな会社、他にはありません。
瑞恵　そのやり方が、間違ってたんだ。諸君に負担をかけただけだった。
速水社長　私はそうは思いません。確かに仕事は忙しいけど、今までうまくやってきたじゃないですか。それは、皆で力を合わせてきたからです。このメンバーだからこそ、できたことなんです。
瑞恵　しかし、その結果が一億の借金だ。
たったの一億で、どうして諦めるんですか？　諦める前に、もう一度、話をしましょう。皆で考えましょう。
横山　私も考えます。私にできることなら、何でもやります。
瑞恵　川合君も一緒に考えよう。
川合　……。
瑞恵　この会社には、川合君が必要なのよ。川合君だったら、たとえ徹夜してでも、期日までに作ってくれる。そう思うから、私も安心してプランができた。
川合　徹夜だったら、瑞恵さんもしてるじゃない。
瑞恵　それは、この仕事が好きだからよ。川合君だって、そうでしょう？　もちろん、徹夜がいいことだとは思わない。でも、もう少しだけ我慢すれば――
速水社長　川合君。あと一年だけ、やってみてくれないか。
瑞恵　社長。
速水社長　前から借金を頼んでいた人が、とうとう「半分なら出す」って言ってくれたんだ。ただし、一つだけ条件があってな。「自分を共同経営者にしろ」って言うんだ。頭に来て、断ってきたんだが、会社のためなら仕方ない。

川合　社長はそれで本当にいいんですか？

速水社長　構うもんか。誰が来たって、俺は俺のやりたいことをやる。だから、君もやりたいことをやってから、辞めてくれ。

川合　わかりました。辞めるのは、一年延期します。

瑞恵　ありがとう、川合君。

速水社長　そうと決まったら、もう一度横浜へ行ってこないと。それが、社長としての最後の仕事だ。明日からは副社長だからな。じゃ。

速水社長が去る。

横山　藤田さん。ここの後片付け、お願いしてもいいですか？　私は川合さんと会社へ戻ります。

富岡　横山さん、僕のことを忘れてませんか？

横山　あんたはクビよ。うちにはバイト君を雇ってる余裕なんかないの。

富岡　じゃ、今から社員見習いってことにしますか。

横山　まさか、うちに就職したいって言うんじゃないでしょうね？

富岡　人には向き不向きっていうものがあるんです。どうやら、僕にはこの会社が向いてるみたいなんで。

横山　どうしてそんなことがわかるのよ。
富岡　だって、結婚式って、文化祭みたいじゃないですか。皆で話し合いをして、仕事を分担して、時には喧嘩もして、でも、最後は一致団結して、当日を迎える。それが毎日やれるなんて、僕にはぴったりです。実は、僕は高校時代、文化祭の実行委員長をやってましてね。
川合　いや、あの時は――
富岡　（瑞恵に）じゃ、僕たちは会社へ戻ります。富岡君も一緒に行こう。
はい。

川合・横山・富岡が去る。岸田さんが水差しとコップを持ってくる。

岸田さん　喉が渇いたでしょう。水でもいかがです？（とコップを差し出す）
瑞恵　（受け取って）すいません。
祐介　よかったな。川合さん、辞めなくて。
岸田さん　どこの会社も大変なんですね。でも、何とか続けられそうじゃないですか。
可南子　私はお姉ちゃんがうらやましい。自分の好きなことを仕事にできて。
瑞恵　だからって、楽しいことばっかりじゃないわよ。
可南子　そうね。でも、浅井さんと黒田さんのことは仕方ないよ。誰が悪いわけでもなかったんだから。
瑞恵　本気で、そう思ってるの？

可南子　思ってるよ。どうして？
瑞恵　自分が何をしたか、覚えてないの？　私が必死で説得してたのに、いきなり横から口を出してきて。あんたが浅井さんの肩を持ったから、黒田さんは諦めざるを得なくなったのよ。
祐介　でも、結果的にはそれでよかったんじゃないか？
瑞恵　そうかもしれない。でも、私が言いたいのは、これ以上、思いつきで行動するなってことよ。他人の結婚に口を出したり、下手な絵を出版社に持ち込んだり。
可南子　私は、私のやりたいことをやっただけ。
瑞恵　それが、周りの人間にとって、どれだけ迷惑か、わからないの？
可南子　わかるよ。でも、おばあちゃんが私に言ったの。「自分のやりたいことだけをやりなさい」って。
祐介　おばあちゃんって、梅原さん？
可南子　そう、さくらおばあちゃん。
さくら　そして、あなたは話してくれました。三年前、病院の裏庭で、桜の絵を描いていた時のことを。
可南子　ふと横を見ると、おばあちゃんが私の絵を覗き込んでたの。私が「イヤだ、見ないでよ」って言ったら、おばあちゃんは——
さくら　可南ちゃんは絵が好きなの？
可南子　まあね。描いてると、とっても楽しいから。
さくら　じゃ、これからは毎日描いてごらん。どうせなら、画家を目指して。

可南子　それは無理よ。私には絵の才能なんてないし、それに……。
さくら　それに？
可南子　今から目指したって、間に合うわけない。
さくら　どうしてやる前から諦めるんだ。どうしてやりたいことをやらないんだ。
可南子　でも、私はもう二十三歳なのよ。
さくら　私は十九でお嫁に行った。相手は親が決めた人で、顔を見たことさえなかった。お嫁に行く前の晩は、悲しくて悲しくて、布団の中で朝まで泣いた。自分は何のために生まれてきたのか。本当にやりたいことは何なのか。そんなことを考えてる暇は、一秒もなかった。子育てと家事に追われて、あっという間にこの歳さ。でも、可南ちゃんは違う。可南ちゃんには、まだ時間がある。
可南子　でも、私は病人なのよ。
さくら　可南ちゃんはまだ若いんだ。だから、きっと治せる。
可南子　十七年も治せなかったのに？
さくら　治せる治せる。可南ちゃんが「治せる」って思えば、きっと治せる。だから、やりたいことをやるんだ。他の人がなんて言おうと構わない。自分のやりたいことだけを。
可南子　おばあちゃん。
さくら　私が応援してるから。会えなくなっても、ずっと。
可南子　そう言って、私の手をギュッと握りしめたの。
岸田さん　いいおばあちゃんじゃないですか。

可南子　ええ。「苗」に投稿するようになったのも、おばあちゃんの勧めなんです。
祐介　可南ちゃんの病気が治り始めたのも、ちょうど同じ頃だよね？
可南子　そうなの。投稿するようになってから、どんどん体調がよくなったの。
瑞恵　どうして今まで話してくれなかったの？
可南子　言っても、信じてもらえないと思ったから。
瑞恵　私たちが信用できないってわけ？　だったら、どうして家へ来たのよ。自分のやりたいことだけやれれば、私たちの気持ちなんてどうでもいいの？
祐介　そんなこと言ってないじゃないか。
瑞恵　（可南子に）私がどれだけ心配してるか、あんたにはわからないの？
祐介　何度言えばわかるんだ。可南ちゃんはもう病人じゃない。必要以上に心配することはないんだ。
瑞恵　祐ちゃんは黙ってて。
祐介　おまえこそ、これ以上、可南ちゃんを責めるのはやめろ。
瑞恵　どうして可南子の肩を持つの？
祐介　それは、おまえが意地になってるからさ。
瑞恵　嘘よ。（可南子に）あんたのやりたいことって何よ。私から、祐ちゃんとさくらを奪うこと？
祐介　瑞恵、いい加減にしろよ。
瑞恵　（可南子に）私があんたに何をしたって言うのよ。これだけ心配してあげてるのに。

可南子　心配なんて必要ないの。お姉ちゃんの自己満足を押しつけないで。

瑞恵がコップの水を可南子にかける。

祐介　瑞恵！
瑞恵　（可南子に）よく、そんな言い方ができるわね。さんざん迷惑をかけておいて。
可南子　迷惑って何よ。お義兄さんやさくらちゃんと外へ出かけてること？　いい歳して、嫉妬なんてやめてよ。みっともない。
瑞恵　私の気持ちなんか、わからないくせに。

瑞恵が可南子につかみかかる。

可南子　お姉ちゃんだって、私の気持ちなんか、わかってないじゃない。私は今まで、ずっと一人ぼっちだったのよ。
瑞恵　何言ってるのよ。お父さんもお母さんも、あんたのことしか考えてなかったのよ。私はどこにも連れてってもらえなかった。休みの日は全部、あんたのせいで潰れてたから。
可南子　休みの日だけじゃない。お姉ちゃんは、お母さんの作った料理を毎日食べてた。それなのに、私は週に一度だけ。
瑞恵　だからって、言っていいことと悪いことがあるわ。覚えてる？　あんたが入院してすぐに

可南子　言ったこと。「私のかわりに、お姉ちゃんが入院すればいいのに」って。

瑞恵　覚えてるわよ。

可南子　あんたにそう言われて、私がどんなに悲しかったかわかる？

瑞恵　私だって、後悔したわよ。いつか病気が治ったら、絶対に謝ろうって。

可南子　どうしてもっと早く元気にならなかったのよ。

瑞恵　絶対に忘れてると思ったのに。案外、執念深いのね。

あんただって。

瑞恵が可南子を抱き締める。

岸田さん　二人とも、まるで子供ですね。

祐介　子供に戻ったんですよ。六歳と八歳の子供に。

さくら　ママと可南ちゃんが？　どうして？

祐介　二十年間ずれていた時計が、やっと元に戻ったんだ。

さくら　どういうこと？

岸田さん　つまり、昔みたいな仲良しになったってことさ。

瑞恵・祐介・さくら・岸田さんが去る。

15

黒田・美佐子・東郷課長・速水社長・川合・横山・富岡・岸田さんがやってくる。それぞれ、自分の絵の前に立ち、自分の絵を描き始める。

可南子

さくらおばあちゃんへ。あなたがいなくなってから、二度目の春がやってきました。病院の桜も、今頃は蕾をいっぱいに膨らませていることでしょう。早いもので、東京へ出てきて、一カ月になります。ここでやりたいと思っていたことは、全部、やることができました。浅井さんに勧められたアートスクールは、やっぱりお断りすることにしました。長野から出てくる時、両親と約束したのです。四月から、父の会社で働くと。父の会社は設計事務所です。私の仕事は経理のお手伝いと電話番。でも、絵を諦めるつもりはありません。長野へ帰ったら、学校を探して、通おうと思っています。おばあちゃんの名前をもらった女の子は、とてもいい子になっていました。あなたが助けてくれたから、私は彼女に会うことができました。私も誰かを助けられる人になりたい。私は決して忘れません。あなたが地球にいた頃、私にくれた力を。

瑞恵・祐介・さくらがやってくる。祐介は可南子のスケッチブックを、さくらは絵を持っている。

瑞恵　可南子。そろそろ行かないと、電車に乗り遅れるわよ。
祐介　ほら、荷物。（とスケッチブックを差し出す）
可南子　（受け取って）ありがとう。長い間、お世話になりました。
さくら　また遊びに来てね。
可南子　さくらちゃんも、たまには長野へ来てね。パパとママと一緒に。
瑞恵　さくら。それ、何？　さっきから、大事そうに持ってるけど。
さくら　可南ちゃんにもらったの。私の絵。
瑞恵　可南子がさくらを描いたの？　いつの間に？
可南子　東京へ来て、すぐ。隠しておいたのに、見つかっちゃったんだ。
祐介　よかったな、さくら。可南ちゃん、ありがとう。
可南子　恥ずかしいから、今は見ないでね。
祐介　後で、ゆっくり見せてもらうよ。そのうち、他の絵も見せてほしいな。
可南子　期待しないで、待っててください。
瑞恵　がんばって。
可南子　お姉ちゃんもね。
祐介　可南ちゃん。可南ちゃんの花嫁姿も、楽しみにしてるよ。

可南子　私でもいいって人が、いればいいんだけど。
祐介　大丈夫だよ。可南ちゃんなら、きっと見つかる。
可南子　ありがとう。じゃ、またね。

可南子が背中を向ける。可南子・瑞恵・祐介の動きが止まる。

さくら　そう言って、あなたは背中を向けた。私にこの絵を残して。今なら、私にもわかる。あなたがこの絵を描いた理由が。待って、可南ちゃん。
可南子　（振り返って）どうしたの、さくらちゃん？
さくら　この絵、本当にもらってもよかったの？
可南子　どうして、そんなこと聞くの？
さくら　ここに描いてあるのは、私じゃないんでしょう？
可南子　それはさくらちゃんよ。だから、欲しいって言ったんでしょう？
さくら　もらった時は、気づかなかったの。裏に書いてある日付に。
可南子　日付って？
さくら　この絵を描いたのは、「東京へ来て、すぐ」だって言ったよね？　でも、日付は三年も前だよ。三年前の私は、まだ三歳だった。でも、ここに描いてある女の子は、どう見ても、六歳だよ。ううん、七歳か八歳かもしれない。
可南子　違うわ。それは六歳のさくらちゃんよ。

さくら　お願いだから、本当のことを言って。これはママなんでしょう？　可南ちゃんが入院する前の。

可南子　……。

さくら　可南ちゃんが東京へ来たのは、イラストレーターになりたかったからじゃない。ママに会いたかったからでしょう？　入院する前みたいに、一緒に暮らしたかったからでしょう？

可南子　もういいのよ。

さくら　よくないよ。可南ちゃんはこれから長野へ帰る。またママと別れ別れで暮らすんだよ。だったら、この絵は可南ちゃんが持ってなくちゃ。

可南子　私はもう大丈夫。だって、その絵の女の子に会えたんだから。だから、今度は、さくらちゃんに持っててほしいの。その絵が、さくらちゃんの力になるかもしれないから。

さくら　力？

可南子　あなたが、あなたの絵を描く力に。

さくらが可南子にもらった絵を抱き締める。さくらが自分の絵の前に立つ。自分の絵を描き始める。瑞恵と祐介が自分の絵の前に立つ。自分の絵を描き始める。可南子が自分の絵の前に立つ。自分の絵を描き始める。人々が空を見上げる。そしてまた、自分の絵を描き始める。

〈幕〉

あとがき

私が初めて役者になりたいと思ったのは、今から二十年前。早稲田大学に入学した年の冬でした。四月に上京してきて、生まれて初めての寮生活、生まれて初めてのアルバイトなどなど、「初めて」の洪水にやっと少し慣れた頃。同じ寮に住んでいた友人が出るという、演劇サークル「てあとろ50'」の公演のチケットをたまたま買い、軽い気持ちで見に行きました。

タイトルは『ろくばんめの聖夜』。百人も入れば満員になる小さな劇場でした。作・演出は成井さん、主役は大森さん、そして今はプロデューサーの加藤さんが初舞台、と、今から思えば、運命的と言ってもいい出会いでした。

鮮明に覚えているのは、オープニングで語られる言葉と、バックに流れる曲の歌詞が、ぴったり合った瞬間です。そこから一気に、舞台に引き込まれました。見る前は何の予備知識もなく、小劇場ブームも夢の遊眠社も第三舞台も知らず、ただ音楽だけはずっと好きだった私が、「すごい！ なんでこんなことができるんだ！」と、鳥肌を立てた一瞬でした。

もちろん今では、それが計画された「曲きっかけ」で、曲の長さやスピードに合わせて科白を調節し、何度も練習した結果だということは知っています。でも、当時はまるで、奇跡のように感じられたのです。

それまでは、「何でもやる」のが目的の、少人数のサークルに入っていました。読書会からテニス合宿まで、本当に何でもやっていましたが、一番楽しかったのは、バンドでアルトサックスを吹くことでした。小学五年から高校三年までクラリネットを吹いていたので、どんな形でも音楽を続けていきたかったのです。でも、サックスはちっとも上達せず、はっきり言って、バンドのお荷物になっていました。サークルのバンドと言っても、私以外のメンバーは、プロを目指してもおかしくない腕前の持ち主でした。八年近く音楽をやってきて、初めて「やめたい」と思った時期でした。

芝居なら、楽器は必要ない。自分の体と声さえあれば、見る人の心を動かすことができる。私の興味は、突然、芝居に移りました。音楽の才能がなくて悩んだくせに、「できないかもしれない」とは思いませんでした。それほど、私の心は大きく動かされたのです。役者の経験はないけれど、ないからこそ、挑戦してみたくなりました。

とは言え、まだちょっぴり音楽への未練は残っていました。おまけにチケットを売ってくれた友人を通じて、てあとろの先輩に入りたいと相談したところ、「もっと他の劇団も見た方がいい」と言われました。それから約二カ月の間、バンドにも顔を出しつつ、いくつかの公演に足を運びました。

どの劇団を見ても、『ろくばんめの聖夜』ほどの衝撃は受けませんでした。それを友人に伝えると、「稽古を見に来たら」と言ってくれました。そして、全身を使った稽古を目の当たりにして、音楽への未練は消えました。やはり芝居を、「どうしてもやりたい」と思ったのです。

もう次の公演の準備は始まっていたので、役者としてではなく、受付として参加しました。一九八三年の五月。生まれて初めて芝居作りを経験できた公演ですから、何もかもが楽しく、新鮮でした。部室があった校舎の屋上で見た、底抜けの青空。受付に座っていて、最初のお客さんにチケットを買ってもらった時の喜び。私が一年の中で、春から夏にかけての何カ月間かが好きなのは、この頃の記憶がどこかに残っているからかもしれません。

それから、ちょうど十年後の一九九三年、春。今度は、初めて脚本を書くことになりました。何しろ初めてですから、わからないことだらけ。何度も挫けそうになりましたが、「とにかく最後まで書くことが大切なんだ」という成井さんの言葉に励まされて、どうにかラストシーンまで辿り着くことができました。その頃は演出には係わっていなかったので、私の仕事はそこまで。後は、稽古場から本番まで、舞台が出来上がっていく過程を、不安半分、期待半分で見守るだけでした。そして初日を迎えた時、芝居は共同作業だと実感しました。私が持っている力は「一」でも、成井さんや加藤さんや、スタッフさんや、役者たちの力が加われば、「百」にも「千」にもなれる。芝居作りは足し算ではなく、掛け算なんだ。だから、私は芝居が好きなんだと。

この、最初の作品である、『四月になれば彼女は』の脚本会議でまず決まったのは、「触っただけで相手の気持ちがわかる能力」と、「十五年ぶりに帰ってくる母親」でした。九年ぶりの再演にあたり、もう一度成井さんと話し合い、この二つのアイディアをどう膨らませるかを、ほぼ白紙の状態から練り直すことになりました。なぜ能力が生まれたのか。なぜ帰ってきたのか。その時点から、再び考え直しました。他にも、いくつも改訂のポイントはあるのですが、最も大きいのはここだと思います。その結果、のぞみとあきらと麻子の気持ちの流れが、初演とはかなり変わっています。初演版は、戯曲集『俺たちは志士じゃない』(論創社) に併録されていますので、興味のある方はそちらも読んでみて下さい。

と、偉そうに書いてますが、私の改訂作業は非常に難航しました。既にある脚本を練り直す、違う角度から見ることは、私にとって予想以上にぶ厚い壁でした。根気よくダメ出ししてくださった成井さんに、改めて頭が下がる思いです。

『あなたが地球にいた頃』は、一九九七年の春に、アコースティックシアターの第四弾として上演されました。宮本輝さんの小説『ここに地終わり海始まる』をヒントに、二十年間入院していた妹が、姉を訪ねてくる物語を作りました。当時のチラシにも書いた、亡くなった祖母が私に贈ってくれた言葉が、実際に科白として出てきます。

そのチラシには、「大学生の時に亡くなった」と書いたのですが、それは私の完全な勘違いで、本当は卒業した後、キャラメルボックスの旗揚げ公演の後でした。正確には、一九八六年の四月。私が見せた卒業証書を、自分のことのように喜んでくれたと、祖母の十七回忌で母や伯母から聞かされました。残念ながら、私は覚えていません。個人的なことですが、この場をお借りして、訂正させてください。おばあちゃん、忘れててごめんなさい。

さて、私が芝居を好きなもう一つの理由は、いつも何か、新しいものに出会えることです。役者の時は、違う役をやる度に、自分の中の、そして相手の新しい部分を発見できます。稽古場で演出をする時は、役者が昨日とは違う表情を見せるのが楽しみです。そして劇場に行けば、毎日、違うお客さんに出会えます。最近では、キャラメルボックスの公演のために作られた曲に、出会う機会が増えてきました。音楽プロデューサーを兼ねる、加藤さんの努力の賜です。一度は諦めた音楽に、違う形で出会うことができるなんて。どうしてもやりたいと思ったことには、きっと、やるだけの価値があるのです。

二〇〇二年四月八日

真柴あずき

『四月になれば彼女は』

1994年3月20日～4月25日	上演期間	2002年5月4日～6月2日
大阪フェスティバルリサイタルホール	上演場所	新神戸オリエンタル劇場
名古屋テレピアホール		サンシャイン劇場
新宿シアターアプル		

CAST

坂口理恵	のぞみ	前田綾
町田久実子	あきら	岡内美喜子
上川隆也	耕平	細見大輔
大森美紀子	麻子	大森美紀子
津田匠子	結子	中村恵子
近江谷太朗	堀口	首藤健祐
酒井いずみ	健太郎	藤岡宏美
岡田さつき	カンナ	岡田さつき
西川浩幸	上田部長	西川浩幸
今井義博	馬場	工藤順矢（TEAM 発砲・B・ZIN）
岡田達也	西条	三浦剛

STAGE STAFF

成井豊	演出	成井豊＋真柴あずき
相良佳子	演出助手	白坂恵都子
キヤマ晃二	美術	キヤマ晃二
黒尾芳昭	照明	黒尾芳昭
	音楽	石田小吉（Scudelia Electro）
早川毅	音響	早川毅
川崎悦子	振付	川崎悦子
勝本英志	照明操作	熊岡右恭，勝本英志，大島久美子
	スタイリスト	小田切陽子
小田切陽子，藤木伊佐子 BANANA FACTORY	衣裳	BANANA FACTORY
	ヘアメイク	武井優子
C-COM	大道具製作	C-COM
きゃろっとギャング 工藤道枝，大畠利恵，菊池美穂 増田剛，篠原一江	小道具	酒井詠理佳，青木玲子，大畠利恵
脇本祐美子	舞台監督助手	桂川裕行
矢島健，村岡晋	舞台監督	矢島健

PRODUCE STAFF

加藤昌史	製作総指揮	加藤昌史
GEN'S WORKSHOP＋加藤タカ	宣伝美術	GEN'S WORKSHOP＋加藤タカ
ヒネのデザイン事務所＋森成燕三	宣伝デザイン	ヒネのデザイン事務所＋森成燕三
伊東和則	宣伝写真	タカノリュウダイ
㈱ネビュラプロジェクト	製作	㈱ネビュラプロジェクト

上演記録

『あなたが地球にいた頃』

上演期間	1997年3月1日～4月13日
上演場所	サンシャイン劇場 メルパルクホール福岡 名古屋市青少年文化センター 　アートピア・ホール シアター・ドラマシティ

CAST

藤田瑞恵	坂口理恵
青木可南子	岡田さつき
祐介	岡田達也
さくら	大森美紀子
黒田	大内厚雄
美佐子	明樹由佳
東郷課長	篠田剛
速水社長	近江谷太朗
川合	今井義博
横山	前田綾
富岡	南塚康弘
岸田さん	西川浩幸／細見大輔

STAGE STAFF

演出	成井豊＋真柴あずき
演出助手	白坂恵都子
美術	キヤマ晃二
照明	黒尾芳昭
音響	早川毅
振付	川崎悦子
照明操作	勝本英志，大島久美
スタイリスト	小田切陽子
衣裳	BANANA FACTORY
大道具製作	C-COM，オサフネ製作所
小道具	篠原一江，菊地美穂，大畠利恵 高橋正恵
小道具製作	フォー・ディー
舞台監督助手	桂川裕行
舞台監督	村岡晋，矢島健
協力	白泉社　月刊「MOE」編集部

PRODUCE STAFF

製作総指揮	加藤昌史
宣伝美術	GEN'S WORKSHOP＋加藤タカ
宣伝デザイン	ヒネのデザイン事務所＋森成燕三
宣伝写真	伊東和則
企画・製作	㈱ネビュラプロジェクト

成井豊（なるい・ゆたか）
1961年、埼玉県飯能市生まれ。早稲田大学第一文学部文芸専攻卒業。1985年、加藤昌史・真柴あずきらと演劇集団キャラメルボックスを創立。以来、全公演の脚本と演出を担当。代表作は『ナツヤスミ語辞典』『銀河旋律』『広くてすてきな宇宙じゃないか』『ハックルベリーにさよならを』『さよならノーチラス号』など。

真柴あずき（ましば・あずき）
本名は佐々木直美（ささき・なおみ）。1964年、山口県岩国市生まれ。早稲田大学第二文学部日本文学専攻卒業。1985年、演劇集団キャラメルボックスを創立。現在は、同劇団で俳優・脚本・演出を担当するほか、外部の脚本や映画のシナリオなども執筆している。代表作は『月とキャベツ』『郵便配達夫の恋』『TRUTH』『MIRAGE』『エトランゼ』など。

CARAMEL LIBRARY Vol. 8
四月になれば彼女は

2002年 5 月 4 日　初版第 1 刷発行
2002年 5 月15日　初版第 1 刷発行

著　者　成井豊+真柴あずき
発行者　森下紀夫
発行所　論 創 社
東京都千代田区神田神保町 2-19　小林ビル
振替口座 00160-1-155266　電話 03（3264）5254
組版　ワニプラン／印刷・製本　中央精版印刷
ISBN4-8460-0466-X